唐宋名家诗词

李白诗

熊礼汇 评注

人民文学出版社

图书在版编目(CIP)数据

李白诗/熊礼汇评注.—北京:人民文学出版社,2012
(唐宋名家诗词)
ISBN 978-7-02-009288-8

Ⅰ.①李… Ⅱ.①熊… Ⅲ.①唐诗—选集②唐诗—注释 Ⅳ.①I222.742

中国版本图书馆 CIP 数据核字(2012)第 148123 号

责任编辑　周绚隆
装帧设计　李思安
责任印制　徐　冉

出版发行	人民文学出版社
社　　址	北京市朝内大街 166 号
邮政编码	100705
网　　址	http://www.rw-cn.com
印　　刷	三河市博文印刷有限公司
经　　销	全国新华书店等
字　　数	155 千字
开　　本	787 毫米×1092 毫米　1/32
印　　张	8.875　插页 3
印　　数	14001—17000
版　　次	2005 年 5 月北京第 1 版
印　　次	2019 年 7 月第 4 次印刷
书　　号	978-7-02-009288-8
定　　价	22.00 元

如有印装质量问题,请与本社图书销售中心调换。电话:010-65233595

目 录

前言 ········· 001

古风其一 ········· 001
古风其十九 ········· 005
古风其三十九 ········· 008
峨眉山月歌 ········· 010
渡荆门送别 ········· 012
秋下荆门 ········· 014
荆州歌 ········· 016
黄鹤楼送孟浩然之广陵 ········· 018
下终南山过斛斯山人宿置酒 ········· 020
山中问答 ········· 022
蜀道难 ········· 024
乌夜啼 ········· 029
乌栖曲 ········· 031
将进酒 ········· 033

篇目	页码
行路难(三首选一)	036
行行且游猎篇	038
北风行	040
关山月	043
登高丘而望远海	045
久别离	048
长干行(二首选一)	051
古朗月行	055
玉阶怨	058
塞下曲六首(选二)	060
清平调词三首	063
丁都护歌	067
静夜思	070
春思	072
子夜吴歌四首(选一)	074
捣衣篇	076
长相思二首(选一)	079
襄阳歌	081
江上吟	085
戏赠杜甫	088
翰林读书言怀呈集贤诸学士	090
西岳云台歌送丹丘子	093
扶风豪士歌	097
梁园吟	100

侠客行	104
宣城见杜鹃花	107
三五七言	109
横江词六首(选二)	111
金陵城西楼月下吟	113
白云歌送刘十六归山	115
秋浦歌十七首(选三)	117
当涂赵炎少府粉图山水歌	121
峨眉山月歌送蜀僧晏入中京	125
清溪行	128
赠孟浩然	130
书情赠蔡舍人雄	132
流夜郎赠辛判官	136
江夏赠韦南陵冰	138
赠汪伦	142
望终南山寄紫阁隐者	144
闻王昌龄左迁龙标遥有此寄	146
赠从弟南平太守之遥二首(选一)	148
月夜江行寄崔员外宗之	151
寄东鲁二稚子	153
庐山谣寄卢侍御虚舟	156
自汉阳病酒归寄王明府	160
早春寄王汉阳	162
秋日鲁郡尧祠亭上宴别杜补阙范侍御	164

梦游天姥吟留别	166
对酒忆贺监二首 并序	171
金陵酒肆留别	175
酬崔侍御	177
南陵别儿童入京	179
江夏别宋之悌	181
金乡送韦八之西京	183
上李邕	185
送裴十八图南归嵩山二首	187
送友人	190
五月东鲁行答汶上翁	192
送友人入蜀	195
宣州谢朓楼饯别校书叔云	197
登太白峰	200
东鲁门泛舟二首	203
游泰山六首(选一)	206
把酒问月	209
陪侍郎叔游洞庭醉后三首(选一)	211
陪族叔刑部侍郎晔及中书贾舍人至游洞庭五首	213
登金陵凤凰台	217
望庐山瀑布二首(选一)	220
秋登宣城谢朓北楼	222
望天门山	224

客中作	226
南流夜郎寄内	228
上三峡	230
与史郎中钦听黄鹤楼上吹笛	232
早发白帝城	234
苏台览古	236
越中览古	238
夜泊牛渚怀古	241
月下独酌四首(选一)	243
越女词五首(选一)	245
独坐敬亭山	247
哭晁卿衡	249
听蜀僧浚弹琴	251
嘲鲁儒	254
春夜洛城闻笛	257
万愤词投魏郎中	258

前　言

李白字太白，号青莲居士。生于武则天长安元年（701），卒于唐肃宗宝应元年（762）。除最后八年身经安史之乱外，他一生基本上是在唐代"盛世"度过的。

关于李白的家世和出生地，至今仍是未解之谜。照李白的说法，他应是西汉名将李广的二十五代孙。从唐人有关记载可知，他的祖先是在隋末因罪"谪居条支"或"窜于碎叶"的，故其出生地可能在条支或碎叶。条支、碎叶均属西域，而同属西域的碎叶有三处之多。李白究竟生于何处，实在难以定夺。从学者们的讨论来看，似乎出生于中亚碎叶（今吉尔吉斯共和国托克马克附近）的说法较为可信。

从五岁到二十五岁（705—724），李白在蜀中读书、习剑、任侠。一方面遍观百家之书，"制作不倦"（《上安州裴长史书》）。另一方面又喜好剑术，以侠自任。在此期间，他曾与东严子隐居岷山之阳，向善为纵横学、任侠有气的节士赵蕤从学一年有余,还曾"任侠,手刃数人"(魏颢《李翰林集序》)。

唐玄宗开元十三年,李白怀着"四方之志",辞亲远游。他经长江三峡来到江汉平原,在江陵见到与陈子昂、卢藏用等同为"方外十友"的茅山派著名道士司马承祯。然后漫游荆、湘、江、浙一带,定居于安陆。在与故相许圉师孙女成婚后,他在安陆大约过了十年。在安陆,他曾多次干谒当地官员以求援引,事未成,反而得罪安州刺史,以致"谤言忽生,众口攒毁"。大约在开元十九年(731),李白初入长安,隐居终南山。他希望得到玉真公主和驸马张垍的荐引,结果事与愿违,却遭到斗鸡之徒的凌辱。于是西游邠州、坊州,继而应元演之邀,与他同隐嵩山。不久回到安陆,又出游江夏、南阳等地,并与元演同游洛阳、太原,同到随州访问道士胡紫阳。许夫人去世后,李白于开元二十八年(740)移家东鲁,客居任城。不久即与孔巢父、韩准等人隐于徂徕山,日以沉饮为事,号称竹溪六逸。

从四十二岁到四十四岁(742—744),李白在长安待诏翰林。唐玄宗征召李白,是由于玉真公主的荐引。据说玄宗初见李白,礼遇非常,但不久就遭到张垍等人的谗毁。因为青蝇间白,"帝用疏之",为纾忧解愁,他便"浪迹纵酒,以自昏秽。咏歌之际,屡称东山。又与贺知章、崔宗之等自为八仙之游"(李阳冰《草堂集序》)。可能玄宗认为他放荡不羁的性格不宜作"近臣",于是赐金放归。待诏翰林,是李白一生引为荣耀的辉煌经历,放归山林使他在仕途上一蹶难起,但他仍然长期对为君所用抱有希望。

李白离开长安,在齐州紫极宫,请北海高天师授道箓。虽然入了道士籍,可是重入君门之心并未泯灭,这正是他"一朝去京国,十载客梁园"(《书情赠蔡舍人雄》)耐心等待机遇的重要原因。此次漫游,以梁园、东鲁为中心,南至吴越,北上幽燕。特别要提到的,一是他与杜甫在将近两年交往中结下深厚友谊,二是天宝十一载(752)冬天,他在幽州见到安禄山的反叛迹象,为国有大难不胜忧虑。

安史乱起,两京失陷。李白携宗氏夫人由梁园西上华山,接着南下宣城、溧阳,到越中避难,继而隐居庐山屏风叠。当永王李璘率水师经过浔阳时,李白应邀成了他的幕僚。他是怀着"誓欲清幽燕"的宏愿踏上李璘战船的,谁知从此卷入上层统治者内部斗争的漩涡。李璘被杀,李白入狱。幸亏宋若思等人营救,才免一死,终被流放夜郎。唐肃宗乾元二年(759),李白在流放途中(奉节白帝城)遇赦,返回江夏,后又重到浔阳,过金陵,徘徊于历阳、宣城一带。当他听到太尉李光弼率大军出征东南的消息,兴奋不已,主动要求从军,为平定史思明之乱尽力,可惜因病半道而还。第二年冬天,竟一病不起,卒于当涂。

李白年轻时就为自己确定了人生目标和处世方式。概括言之，即"达则兼济天下，穷则独善一身"；具体说，则是"申管晏之谈，谋帝王之术，奋其智能，愿为辅弼，使寰区大定、海县清一。事君之道成，荣亲之义毕，然后与陶朱、留侯，浮五湖、戏沧洲，不足为难矣"(《代寿山答孟少府移文书》)。为王佐之臣，建不世之功，然后功成身退，这便是李白的人生方案。联系他不屑于通过科考步入仕途，而热心隐逸以求名震士林为君王所知，和由这种做法显现出来的宏大抱负、强烈的自信心、张扬自我的为人风格以及不循常规的思维方式，可见李白实乃盛唐一位高自标置，而为人豪迈、不守故常的人物。其所以如此，固然与他生活在"东风动百物，草木尽欲言"(《长歌行》)这样一个生机蓬勃、催人向上的时代有关，但也离不开多种思想对他的影响。

在李白思想中，明显含有儒家、道家、墨家、纵横家以及法家、释家的思想质素，但起主导作用的是儒家思想。李白对儒家思想的吸纳是有选择的，主要接受的是儒家有关大同理想、王道仁政的观念和积极用世、建功立业、忧国忧民、安邦济世的精神。他崇仰儒家圣人尧、舜、孔子，但更钦佩历史上以大才大智富国安民的大臣；他歌颂儒学的伟大，却唾弃迂腐、冬烘、不能为时所用的儒生；他赞成遍览五经举其大略、观其大义的学风，反对只知在字句上探讨经义的章句之学。

李白一生所交道友甚多,受道家、道教思想影响很深。这种影响,既表现在他取用老庄的无为而治和儒家的王道仁政来构建其政治理想,也表现在他对人生方式的选择或对人生境界的追求中。至于其文化心态的形成、人生艺术精神的确立,以至审美趣味的产生、思维方式的变换,表现尤为突出。要指出的是,道教,特别是茅山道派对李白的影响,主要是它热心帝王之术、参政意识强烈、以入世为本、出世为迹的传统,和以元化之道决定天运盈缩、万物变化的观念,以及顺应天运盈缩的循环规律而确定出处行藏的思维特点,而不是炼丹、服丹之类的求仙之术。

在李白思想中占有一定分量的,还有出于战国策士的纵横家思想和出于豪侠之士的侠义思想。他"性倜傥,好纵横术",喜谈王霸之道;立论"恒殊常调",好作大声壮语;自信、自负、自尊,而又"遍干诸侯,历抵卿相",热衷于游说、干谒,渴望一鸣惊人。他"少以侠自任",重然诺;轻财好施,存交重义;隐以待出,总想风云际会,乘时而为,然后功成身退。这表明纵横家思想和侠义思想对李白人生理想、处世之道和个性特征的形成,都起有重要作用。

李白志向高远,主体意识强烈,为人狂放不羁,显得超旷、洒脱。在他身上有儒士气、道士气、隐士气、侠士气、策士气,集中表现为豪放飘逸的诗人气质。龚自珍说:

"庄、屈实二,不可以并;并之以为心,自白始。儒、仙、侠实三,不可以合;合之以为气,又自白始也。其所以为白之真原也矣。"(《最录李白集》)可见李白其"心"其"气"即其思想气魂、气概风骨,乃是多种思想交相为用的结果。其实,这种博采众说,不拘一家的思想修养方法所带来的综合效应,不但显现在李白的人生艺术精神中,还显现在他的诗论主张和诗歌创作风格中。

李白是继陈子昂之后又一位自觉以改革唐代诗风为己任的诗人,二人复古以求新变的改革方式大体相同。李白在《古风》其一中,说要像孔子修《春秋》那样总结古代诗歌发展的历史经验,实际上是借对历代诗歌的评价为唐诗发展指明方向。又说:"梁陈以来,艳薄斯极,沈休文又尚以声律,将复古道,非我而谁与!"(孟棨《本事诗·高逸》)那么究竟什么是李白所要复兴的"古道"和通过复古所要开创的诗风呢?从他说"大雅久不作,吾衰竟谁陈","兴寄深微,五言不如四言,七言又其靡也,况使束于声调俳优哉"(《本事诗·高逸》),以及"丑女来效颦,还家惊四邻。……大雅思文王,颂声久崩沦"(《古风》其三十五),可知他要恢复的是《诗经》大雅正声关注社会政治现实问题的传统、兴寄深微的艺术特性,和诗歌风格的自然、"天真"。而从他宣称"自从建安来,绮丽不足珍",和肯定盛唐诗人"乘运""跃鳞"以变诗风(见《古风》其一),以及盛赞韦太守诗如"清水出芙蓉,天然去雕饰"(《赠汪夏韦太守良宰》),可见他倡导的诗风,是以"文质相炳焕"的艺术风貌和"清真"、"天然"的审美属性为必备条件的。显然这种诗论主张和审美要求,与盛唐诗歌发展趋向一致。就李白而言,他能提出此类见解,自与其本于儒学的社会观、本于道家、道教的宇宙观对其文化心态、审美趣味的形成所起的支配作用密不可分。像《古风》其一,不要说思想观念,就是诗的构思和表述方式,也受到茅山道派天运循环、当乘时而为这种思维方式的影响。

李白的诗是典型的抒情诗,它们从多方面表达了诗人的思想观念、人生感受和生活情趣。其中有对盛唐国势雄壮的讴歌,也有对大难将至的忧虑;有对社会弊病的揭露,也有对君王倒行逆施的鞭挞;有对政治理想、人生追求的表白,也有对仕途蹭蹬、理想难以实现的慨叹;有对身为近臣的欢喜和忆念,也有对良辰难期、怀才不遇牢骚情绪的倾泻;有对自我主体意识的张扬,也有对自由人生境界的向往;有对贤愚倒置、青蝇污白社会现象的愤恨,也有对仙家生活、山林隐居的迷恋;有对王侯贵臣的调笑,也有对普通劳动者的礼赞;有对朝廷穷兵黩武政策的谴责,也有对安史叛军祸国殃民罪恶的痛恨;有对征夫、思妇饱受征戍之苦的同情,也有对军民蒙难生灵涂炭的浩叹;有对人间友情、爱情的歌颂,也有对祖国河山的热爱。凡此种种,无不映现李白的人生艺术精神和个性特征,无不映现盛唐的社会风貌和时代精神。而这些对李白诗歌艺术风格的形成,起着至关重要的作用。

豪放、飘逸,是李白诗歌艺术风格的总体特征。这一风格特征除植根于儒学和道家、道教相关人生理念的人生艺术精神外,主要是通过思落天外的想象、生动美妙的比喻、耸人听闻的夸张等艺术技巧,和跌宕开合的结构、纵横驰骤而又自然有序的节奏、动人心魄的豪言快句,以及高华放逸的格调、超旷萧散的意趣表现出来的。李白为诗,或突发奇感,或逸兴遄飞,或抽思绎志,率皆纵逸,无不任性而发。吐词或大声壮语,或出语清新明丽,多率然而成。起支配作用的,就是包含在诗人为人气概、人格精神、性情才调中的气。当诗人将其作为人生精神力量的气贯注或融会在诗中,就转换成了诗的奇气、逸气、豪气,成了诗美结构中极为活跃的美学质素。

前人早已论及李白反气运词创造诗美的特点和作用,赵翼即谓"(白)诗之不可及处,在乎神识超迈,飘然而来,忽然而去,不屑屑于雕章琢句,亦不劳劳于镂心刻骨,自有天马行空;不可羁勒之势"(《瓯北诗话》)。所谓"神识"云云,说的是以气运词带来的形象转换频繁,出语跳跃性强的特点。所谓"自有天马行空"云云,说的是以气运词产生的气势美。可见,李白诗的内外之美,都因气的鼓荡而彰显特色。正因诗以气胜,故李重华说"太白妙处全在逸气横出"(《贞一斋诗话》)。胡应麟说"读李太白诗,当得其气韵之美"(《诗薮》)。

李白雄才纵逸,为诗兼擅众体。所作诗歌艺术成就很高的诗体,主要是五古、乐府、歌行和绝句。

五古以《古风》五十九首为代表。这组咏怀诗,继承的是以阮籍《咏怀》、陈子昂《感遇》为代表的五古咏怀诗的艺术传统,但在诗的内容、表现艺术及艺术风格方面,又自有特色。阮籍《咏怀》主要抒发的是诗人身处恐怖政治年代的忧生之嗟,纯用比兴手法,言在此而意在彼,因而诗风含蓄隐晦,所谓"厥旨渊放,归趣难求"。陈子昂《感遇》所写内容,由慨叹个人命运拓展到对国家政治和民生疾苦的关心,虽然仍用比兴手法,但诗意显露,风格质直平淡。李白《古风》,表达他对现实政治、社会文化(包括文学)现象以及人生境遇的种种感受,就内容丰富与言多讽兴而言,《古风》与《感遇》相近;就艺术方法而言,李白则对阮籍限于比兴、象征的习惯做法有很大突破,较之陈子昂偶尔吟史以抒怀,和作比兴兼吟史以寄慨,也不一样。

李白也用比兴,也讲兴寄,但他是通过安排场景、描写人物行动、叙说故事情节来显示其意。其中有气氛渲染、声色描摹、细节展现。像《古风》其十,借对鲁仲连的称颂表达诗人志趣,不但作比展开来写,用"明月出海底，一朝开光耀"这一生动形象显示其为人的"特高妙"，而且写一细节"意轻千金赠，顾向平原笑"以传其神。说明李白《古风》虽自《咏怀》、《感遇》中来，却也吸收阮籍之后诸如曹植、左思、郭璞、陶渊明、鲍照、庾信等人用五古抒怀的艺术经验。李白《古风》虽以兴为主，却能以兴御景御人御仙，思想倾向和情感流向十分明显。它们在艺术精神和兴寄特色方面与《咏怀》、《感遇》一脉相承，但在思想内容的丰富性、表现形式的多样性、形象描绘的生动性和逸气横出等方面，都远远超出阮、陈之作。

同样具有复古革新特点的，是他的乐府创作。李白是盛唐写古题乐府最多的诗人，所作汉魏古题乐府122首，占现存初盛唐诗人所作汉魏古题乐府总数（400首）的百分之三十。李白积极在乐府创作中复古以求变革，一方面是对陈子昂以后盛唐诗人复古以求新变倾向的自然顺应，另一方面也是他"将复古道"变革意识在创作中的反映。汉魏乐府多缘事而作，刺时疾邪，感慨良多，每一题都有特定的意旨或内容，总体风格则古朴自然，谣谚味浓。汉魏以后，拟作古题乐府有几种情况：一是仍能保持原题寓意和艺术风格；二是舍弃原题寓意，以旧题写新意；三是经六朝到初唐，拟作语言渐趋毕靡，句式日渐律化。李白乐府创作的复古，最根本的是对汉魏乐府关注社会现实、人生境遇这一诗歌艺术精神的恢复和显扬。具体创作则表现为：一、依古题原词寓意构思新作（如《乌夜啼》），和在新作中恢复古题原词寓意（如《战城南》）。二、杂取古题原词和拟作内容，形成完整主题（如《长干曲》）。三、完全不受古题原词寓意拘束，仅从题面字义引入而另有寄托（如《远别离》）。四、无论寓意如何，都尽量恢复乐府原词自然、古朴的风格。对一些在初唐演变为律体的古题乐府，李白又将其还原为古体。锻造句子，极少使用律句。五、一方面恢复乐府古朴的艺术风貌，同时大胆采用古诗、古赋，古文的修辞技巧，以丰富乐府的表现艺术。不要说长篇乐府如《蜀道难》《梁甫吟》等，就是短篇，也有修辞如古文者，方东树即谓"太白层次插韵，此最迷人，真太史公文法，玩《乌栖曲》可悟"（《昭昧詹言》）。前人多认为李白深于乐府，其"古乐府，窈冥惝恍，纵横变幻，极才人之致"（王世贞《艺苑卮言》）。若能明白乐府古词寓意，了解李白复古以求变革的写作态度及其身世遭遇，和他因事傅题、借题抒怀的特点，且能熟读骚、赋、诗、文，不仅易明其立意，还能于纵横变幻中看出其段落脉理所在。

在李白诗歌中，艺术成就足以与乐府并论的是歌行。歌行本出于乐府，指事吟物，凡七言及长短句不用古题者，通谓之歌行。题名有作歌、行、吟、引、哀、怨、别、词、谣、弄、操者。唐人歌行，多为七言古诗。初唐歌行靡缛，沈、宋"欲约以典实而未能也，李、杜一变，而雄逸豪宕，前无古人矣"（胡应麟《诗薮》）。"大约歌行之法，变于李、杜，亦成于李、杜，后人无能出其范围矣"（殷元勋等《才调集补注》卷二引冯班语）。杜甫之变，见于其即事名篇创为新题的乐府。它们不但体制新，而且直指时事、皆关世道，开一代诗风。李白之变，在于继承《小雅》、楚辞、三曹乐府、汉人歌谣抒怀言志、泄愤吐怨不掩真我的精神和慷慨悲凉的艺术风格。既取用鲍照的遒逸，也容纳徐、庾的绮丽，创造出瑰玮奇丽的艺术境界。细读《庐山谣寄卢侍御虚舟》、《梦游天姥吟留别》，以及《当涂赵炎少府粉图山水歌》等，顿觉诗中气足神旺，行文纵横宕逸，穷极笔力，论美则风神、气概，在在有之。和作乐府相似，李白作歌行也是以气运词，兴到笔到，词随气涌。或不以词接而以神接，不以词转而以气转；或有不接之接、不转之转，章法与散文相通。故前人说李白之才"尽于歌行"（胡应麟《诗薮》），"李白歌行，纯学《庄子》"（徐增《说唐诗》）。和乐府偏于讽兴有异，李白歌行抒情达意，多直言尽言，且说得酣畅淋漓。突出的是既具纵横排荡之势，又有抑扬顿挫之奇；出语如风驰雨骤，急管繁弦，又得其天然合拍之音节；骨力雄健，豪放中别有清苍俊逸之气。

绝句之作，也是李白对唐诗发展所作重要贡献之一。绝句源于乐府、古诗。盛唐绝句，名家辈出，惟李白高于诸人。李攀龙即谓太白"五七言绝句实唐三百年一人，盖以不用意得之。即太白亦不自知其所至，而工者顾失焉"（《唐诗选序》）。李氏从自然天成不假雕饰而自有天然真趣，即无意于工而无不工的角度，概言李白绝句创作特点，诚属有见。若论李白绝句冠绝时人处，尚有两点不可忽略。一是在绝句中保留五古、歌行特色，或谓有意取用古诗、歌行本色以为绝句。王夫之说："五言绝句自五言古诗来，七言绝句自歌行来。"（《薑斋诗话》卷二）李白作绝句之所以爱用古诗、歌行作法以创造艺术美，自与其"将复古道"有关。二是以气为主。王世贞曾说七言绝句，盛唐主气。叶燮则谓"盛唐主气之说，谓李则可耳，他人不尽然也"（《原诗》外篇下）。的确，"主气"应是李白绝句区别于其他盛唐名家的一大特征。他的以气为主，一则出于为诗以得古调为美的审美取向，和创作古诗、歌行的习惯性作法。二则他将绝句视为吐气抒怀最灵便的诗体，兴会既至，即以气运词。三则绝句一句一意，意断终须过脉相连，李白以气相承相续，正有益于圆融之美的生成。大抵李白作绝句，乃是气来神来，神托气而行，故其绝句超逸中内含神味。至于意兴飘渺，神思骤发；语秀气清，意遥境远；率尔道出，自觉高妙；或放言无理，反成奇趣，以及善于在第三句开宕气势，在第四句发挥情思，应是李白绝句的一般特征。若论五绝突出特色，或如徐增所言："吾言绝句，惟太白擅场。杜子美诗曰：'李侯有佳句，往往似阴铿。'阴工此体，子美之称太白者在是。"（《说唐诗》）阴铿"诗声调既亮，而琢句抽思，务极新隽；寻常景物，亦必摇曳出之，务使穷态极妍，不肯直率"（陈祚明《采菽堂古诗选》卷二十九），李白五绝构思、造句之妙，有类于此。七绝的突出特色，胡应麟说是"写景入神"（与王昌龄"言情造极"相对而言）（诗薮）。沈德潜则谓"七言绝句，以语近情遥，含吐不露为主。只眼前景、口头语，而有弦外音、味外味，使人神远。太白有焉"（《说诗晬语》卷上）。

此外，李白的律诗，特别是五律在艺术上也颇有独到之处。除格律严整者（如《送友人入蜀》等）外，不乏破格出律之作（如《夜泊牛渚怀古》等）。无论严守格律或破格出律，都有一气呵成、气象雄逸的特点。

本书选诗一百六十多首，约占李白现存诗歌的六分之一。原文以王琦注《李太白全集》为底本，参用相关文献资料。书中注释和赏评借鉴或取用了古今众多专家的研究成果。在评注过程中，闵泽平、戴红贤两位博士曾协助我写出注释初稿，闫方、邹文荣两位硕士曾代为录入和校对，在此谨向他们致以谢忱。

熊礼汇
二〇〇四年四月于武汉大学文学院

古风其一

大雅久不作[1],吾衰竟谁陈[2]。

王风委蔓草[3],战国多荆榛。

龙虎相啖食,兵戈逮狂秦。

正声何微茫[4],哀怨起骚人[5]。

扬马激颓波[6],开流荡无垠。

废兴虽万变,宪章亦已沦[7]。

自从建安来[8],绮丽不足珍。

圣代复元古[9],垂衣贵清真[10]。

群才属休明[11],乘运共跃鳞[12]。

文质相炳焕[13],众星罗秋旻[14]。

我志在删述[15],垂辉映千春。

希圣如有立[16],绝笔于获麟[17]。

【注释】

1 大雅:《诗经》中的一类诗。多作于西周初年,歌咏王政之事。雅为乐调,前人训雅为正,以大雅为正声。

2 吾衰:语出孔子"甚矣吾衰也"(《论语·述而》)。陈:陈述。《礼记·王制》曰:"命太师陈诗以观民风。"

3　王风：《诗经》十五《国风》之一，周室东迁后都城洛邑（今河南洛阳）一带的民歌。委：弃。

4　正声：雅正之音，这里指《诗经》的艺术传统。

5　骚人：指屈原等人。

6　扬、马：扬雄、司马相如。

7　宪章：法度。

8　建安：东汉献帝的年号（196—220）。

9　圣代：指唐代。元古：远古。

10　垂衣：指穿着宽大的衣裳，形容无为而治。清真：清纯质朴。

11　休明：指政治清明。

12　跃鳞：形容施展才华。

13　文质：指诗歌的辞藻与内容。

14　秋旻（mín）：秋日的天空。

15　删述：指孔子删诗和述而不作。

16　希圣：仰慕、效法圣人。有立：有所成就。

17　获麟：《史记·孔子世家》说，鲁哀公十四年（公元前481年），鲁国人打猎获麟，孔子认为麒麟被捕获，标志自己生命行将结束，于是搁笔将其修订的《春秋》纪年定于此年。

【解读】

此诗如同李白的一篇诗歌史论，又像他的一篇诗歌革新宣言。要之，他是通过对诗歌史的评论，表达他的诗歌

革新理想。由此可见,李白从一开始踏入诗坛,就是一位极富革新意识、历史责任感很强的诗人。李白对诗歌史的评论,观点鲜明。肯定的是《诗经》美刺比兴、关注现实政治的传统和兴寄深微的特点,批评和唾弃的是六朝绮丽之弊。他在诗中用感慨语调、敷陈手法,揭露和叹惜《诗经》正声传统的丢失。既谓"王风委蔓草,战国多荆榛","正声何微茫,哀怨起骚人",又说"扬马激颓波,开流荡无垠"。不但将汉以前诗风废兴之变,归结为"宪章亦已沦",并且将六朝诗风一笔扫倒,断言:"自从建安来,绮丽不足珍。"下说唐诗发展情况,看似肯定者多,实际上这种肯定是对唐诗发展方向的选择。所谓"复元古"、"贵清真"、"文质相炳焕",正是李白对唐诗发展的基本要求。他对初唐以来唐诗沿袭六朝余风是不满意的,但没有明说,只是将其意向包容在对诗歌革新理想的表述中。李白的诗歌革新理想是伟大的,他要像孔子修订《春秋》那样成就一番事业,所谓"我志在删述,垂辉映千春。希圣如有立,绝笔于获麟"。既然"志在删述",当然会有破有立。即通过总结前代及当代诗歌发展经验,开创新的诗风。孟棨《本事诗》说李白论诗,云:"梁陈以来,艳薄斯极,沈休文又尚以声律。将复古道,非我而谁与!"显然,李白要复兴的"古道"内容之一,即此诗所讲的《诗经》大雅正声言多讽兴的传统(《古风》其三十五亦谓"大雅思文王,颂声久崩沦。安得郢中质,一挥成风斤")。朱熹说:"李白诗不专是豪放,亦有雍容和缓底,如首篇

'大雅久不作',多少和缓。"(《朱子语类》)就此诗全用赋体述评诗史而言,的确显得雍容、和缓。但诗人在"大雅久不作,吾衰竟谁陈"这一大的诗史背景下来谈其诗歌革新主张,怀着因受盛唐时代精神鼓舞而欲"乘运"、"跃鳞"大有作为的激动情绪来谈"希圣如有立"的壮志,却难掩其自负心态、豪放性情。故此诗是寓豪放于和缓之中,只是豪放得令人不觉耳。

古风其十九

西上莲花山[1],迢迢见明星[2]。
素手把芙蓉[3],虚步蹑太清[4]。
霓裳曳广带,飘拂升天行。
邀我登云台[5],高揖卫叔卿[6]。
恍恍与之去,驾鸿凌紫冥。
俯视洛阳川,茫茫走胡兵。
流血涂野草,豺狼尽冠缨。

【注释】

1 莲花山:又称莲花峰,为华山中峰,亦为最高峰。

2 迢迢:遥远的样子。明星:仙女名。《太平广记》卷五九《集仙录》:"明星玉女者,居华山,服玉浆,白日升天。"

3 素手:洁白的手。

4 虚步:凌空而行。太清:天空。

5 云台:云台峰。慎蒙《名山记》:"云台峰在太华山东北。"

6 卫叔卿:神仙名。《神仙传》记载,卫叔卿,中山人,服云母得仙。曾乘车驾白鹿从天而下见汉武帝,倏然而去。武帝遣使者寻找,至华山绝壁之下,见其与数人博戏于石上。

【解读】

此诗当作于天宝十五载（756）正月以后。天宝十四载十二月，安禄山攻破东都洛阳，次年正月僭称皇帝，大封部属。李白目睹洛阳陷落，遂西进函谷关，上华山，继而南奔宣城。诗即作于登华山之后。这是一首极富浪漫色彩的诗，也是李白少有的直接反映安史动乱的诗。其艺术手法，充分表现出浪漫主义诗人反映社会现实的特点。陈沆说此诗"皆遁世避乱之词，托之游仙也"（《诗比兴笺》），大体是对的。托游仙而写遁世避乱之意，就是此诗的基本手法。所谓"避乱"之"乱"，自是安禄山之乱。诗中是通过写诗人与仙人同游云空俯视所见，表现其"乱"的。如果说诗中写诗人俯视所见，是直接反映社会现实，那诗人对现实生活的反映，则是通过对超现实的游仙题材的处理完成的。而这正是李白浪漫主义诗歌反映社会现实的特点之一。有的选本将诗截为两段。说诗中"驾鸿凌紫冥""以上写诗人在华山游仙生活"，说"俯视""二句谓在华山上低头俯看洛阳一带平原"云云。其实，后四句仍是写诗人的"游仙生活"，"俯视洛阳川"不过是诗人"恍恍与之去，驾鸿凌紫冥"中间的一个举动。写这个举动的目的，显然是为了便于从鸟瞰角度概括描写社会灾难，表达诗人对安禄山僭位大封伪官和残害民众的愤怒，同时也借以说明他为什么要遁世避难。于此，可见诗

的构思缜密、巧妙。又诗的形象变换、场景变换、氛围变换、境界变换、情调变换,能使人产生多种审美感受。而写到俯视所见即戛然而止,这样,李白目睹世间动乱,是否还会随仙而去,便令人生想。

古风其三十九

登高望四海,天地何漫漫。

霜被群物秋[1],风飘大荒寒。

荣华东流水,万事皆波澜。

白日掩徂辉[2],浮云无定端。

梧桐巢燕雀[3],枳棘栖鸳鸾[4]。

且复归去来[5],剑歌行路难[6]。

【注释】

1 被:覆盖。

2 徂(cú)辉:太阳落山时的光辉。

3 梧桐:传说为凤凰所栖息者。《庄子·秋水》:"南方有鸟,其名鹓雏,子知之乎?夫鹓雏,发于南海而飞于北海,非梧桐不止。"

4 枳棘:两种带刺的树木。《汉书·循吏·仇览传》:"枳棘非鸾凤所栖。"

5 归去来:即归去,"来"为句末语气词。陶渊明归隐时,写有《归去来辞》。

6 剑歌:弹剑而歌。行路难:乐府杂曲歌名。

【解读】

此诗写诗人目睹时局动荡、昏乱,而有归隐之思。诗的结构简单,首句领起,接下来九句都是写"登高望四海"所见,末二句则写因有所见之感。写其所见,多出以自然景物,而各有所指。寓意或如萧士赟所云:"'登高望四海,天地何漫漫'者,以喻高见远识之士知时世之昏乱也。'霜被群物秋,风飘大荒寒'者,以喻阴小用事而杀气之盛也。'荣华东流水,万事皆波澜'者,谓遭时如此,所谓荣华者如水之逝,万事之无常亦犹波澜之无底止也。日,君象;浮云,奸臣也;掩者,蔽也;徂辉者,日落之光也。比喻人君晚节为奸臣蔽其明,犹白日将落为浮云掩其辉也。无定端者,政令之无常也。'梧桐巢燕雀'者,喻小人在上位而得志也。'枳棘栖鸳鸾'者,喻君子在下位而失所也。"(《分类补注李太白诗》)对"白日掩徂辉"二句,解者稍有分歧。沈德潜赞同萧说,谓"'白日'二语喻谗邪惑主"(《唐诗别裁》)。王琦则说:"'白日掩徂辉',谓日将落而无光,如人将有去志而意色不快。'浮云无定端',言人生世上,行踪原无一定,何必恋恋于此!或以落日为浮云所掩,喻英明之人为谗邪所惑,两句作一意解者亦可。"(《李太白全集》注)比较而言,王氏所说不得要领。之所以如此,是他硬要将此诗主旨说成是"太白所投之主人惑于群小而不见亲礼,将欲去之而作此诗"(同上)。而李白痛呼"且复归去来,剑歌行路难",实在是因时世不可为,步履维艰所致。

峨眉山月歌

峨眉山月半轮秋[1],影入平羌江水流[2]。
夜发清溪向三峡[3],思君不见下渝州[4]。

【注释】

1 半轮秋:指秋天上弦月如同半个车轮。又轮是圆的一个数量单位,半轮即半圆。

2 平羌江:青衣江,大渡河的支流。源出四川芦山西北,至乐山而入岷江。

3 清溪:青溪驿。三峡:指乐山县黎头、背峨、平羌三峡,清溪在黎头峡上游。

4 渝州:治所在巴县,即今重庆市。

【解读】

此诗作于诗人出蜀途中,时间当为天宝十二年(724)。诗人乘舟夜发清溪,抬头望见峨眉山高空的半轮秋月,低头看到水中月影,不禁想起"就住在附近,可是又无缘相见的友人"(沈祖棻《唐人七绝诗浅释》)。思念悠悠难尽,就像那簇拥月影流淌不已的江水。诗中"思君不见"四字,点示诗人此时情思流动的起因和内涵,出语概括而容量多多。其思自因山月映江而起。水涌月流,使

他想到此去三峡,直下渝州,与老友相去日远,相见日难,今日之相思必成他日之相忆,难免心生惆怅之感。但诗中并未细写情思流动过程,只用"思君不见"概述感受。后来,他作《静夜思》将怀念故乡的情思融入思乡举动中,无疑与此诗概言"思君不见"的感受,"使全诗所写景色、行程都染上一层浓厚的感情色彩"(同上),有相通处。两诗都表现出一种境界美,此诗尤其"含情凄婉,有《竹枝》缥缈之思"(胡震亨《李诗通》引刘辰翁语)。前人称赞此诗四句连用五地名,以为其"天巧浑成,毫无痕迹","益见此老(李白)炉锤之妙"。"其所以能够达到这种效果,固然由于他没有采用对句,所以地名虽多,但不呆板,而更重要的则是作者笔力雄浑,全诗气势奔放,能够将这么多质实的名词写入诗句,而仍然举重若轻"(沈祖棻《唐人七绝诗浅释》)。

渡荆门送别

渡远荆门外,来从楚国游。
山随平野尽,江入大荒流[1]。
月下飞天镜[2],云生结海楼[3]。
仍怜故乡水[4],万里送行舟。

【注释】

1 大荒:广阔无际的原野。

2 天镜:指映在水面的月影。

3 海楼:江面上水雾由于折射而形成的幻影,即海市蜃楼。

4 怜:爱。故乡水:长江水自李白家乡蜀中流来,故云。

【解读】

荆门,山名,位于湖北省宜都市西北长江南岸,与江北虎牙山隔江相对。《水经注·江水》云:"江水东历荆门、虎牙之间。荆门山在南,上合下开,其状似门,虎牙山在北,此二山,楚之西塞也。"江出荆门,即跃入江汉平原。江上风光,与在荆门以西蜿蜒穿行于峡谷时相比,大不同矣。此诗当为诗人出蜀初过荆门时所作,写的是他船渡荆门、驶入荆江的新异之感。沈德潜说"诗中无送别意，题中（送别）二字可删"（《唐诗别裁》），甚是。诗的首联写得平实，却反映出诗人终于出蜀入楚的激动心情，语气中含有几分庆幸、几分自得。颔联、颈联写景，都不离荆江之水。"山随平野尽"，自是写诗人乘船经千余里峡江进入荆江所见江岸地势的显著变化；"江入大荒流"，更是写所见江出荆门、跃入江汉平原的壮观景象。"飞天镜"、"结海楼"云云，亦为荆江本地风光。尾联虽也写荆江之水，却是借水抒情。特意点明它是来自故乡的水，且谓其"万里送行舟"，无意间流露出一丝怀乡之愁。和首联所言，一并写出诗人渡过荆门的心理感受。此诗写荆门荆江形胜，有"包举宇宙气象"（杨成栋辑《精选五七律耐吟集》），除取景阔大、出语雄壮外，与尽从动态角度叙事、体物、抒情，大有关系。前人注"山随平野尽"二句，爱拿杜甫"星垂平野阔，月涌大江流"（《旅夜书怀》）和它作比较。讲二者区别，或谓李诗为"壮语"，而杜诗"骨力过之"；或谓"李是昼景，杜是夜景；李是行舟暂视，杜是停舟细观"（王琦《李太白全集》注引语）。其实李诗写的是船过荆门所见荆江的独特景象，杜诗写的是夜行荆门惯见的一般景象，两者都显出壮远之美。但李诗写的是诗人初渡荆门一览江山的新异感，内含欣喜之情，杜诗写的是诗人荆江"旅夜"观星望月（水中月）的孤寂感，内含凄冷意绪。

秋下荆门

霜落荆门江树空[1],布帆无恙挂秋风[2]。
此行不为鲈鱼鲙[3],自爱名山入剡中[4]。

【注释】

1 空:指树枝叶落已尽。

2 布帆无恙:顾恺之作荆州刺史殷仲堪的参军,请假东还,并请殷仲堪把布帆借给他。顾恺之途中遇险,写信对殷仲堪说:"地名破冢,真破冢而出,行人安稳,布帆无恙。"(《世说新语·排调》)于是后人称旅途平安为"布帆无恙"。

3 鲙(kuài):通"脍",细切的鱼肉。此句用西晋张翰因思念故乡鲈鱼鲙而辞官回家的典故。

4 剡中:指今浙江省嵊州市一带。《广博物志》:"剡中多名山,可以避灾。"

【解读】

敦煌唐人写本《唐诗选》残卷抄有此诗,题作《初下荆门》,若抄本抄自原诗,则此诗为诗人出蜀乘舟初过荆门时作。不过诗中写秋色而言秋兴,秋意弥漫,以《秋下荆门》为题,也恰到好处。此诗并不费解,作者只是说他秋下荆门欲到剡中一游,但他信口道来,却说得巧妙,说得有兴味。诗中两用典故,无不出语自然,可谓运古入化,绝无痕迹可言。如"布帆无恙挂秋风"中,"布帆无恙"本是顾恺之舟行遇险,在信中向朋友介绍所借布帆完好的话,诗中用来说舟行一路平安,就有味、有趣,使人想到诗人心境的平和、惬意。"此行不为鲈鱼脍",虽是反用"张翰见秋风起,思吴中莼鲈"事,由于语浅意明,读者即使不知张翰典故,读这一句和下一句,也会明白此行入越情致的清雅、恬逸。与用典运古入化一致,全诗语言浅淡,却用字准确、生动,如"江树空"之"空"字,写霜落木叶俱尽之状,简直无可替换者;"挂秋风"之"挂"字,从空虚处突出布帆形象,令人生想。至于此诗用语信腕信口,而句句勾连得紧,则如李锳所说:"首句写荆门,用'霜落'、'树空'等字,已为次句'秋风'通气。次句写舟下,趁便嵌入'挂秋风'字,暗引起第三句'鲈鱼脍'意来。第三句即以'此行'承住上二句,以'不为鲈鱼脍'五字翻用张翰事,以生出第四句来,托兴名山,用意微婉。"(《诗法易简录》)

荆州歌

白帝城边足风波[1],瞿塘五月谁敢过[2]。
荆州麦熟茧成蛾,缫丝忆君头绪多[3]。
拨谷飞鸣奈妾何[4]。

【注释】

1　白帝城:故址在今重庆市奉节县东瞿塘峡口。
2　瞿塘:峡名,为长江三峡之首,也称夔峡。西起重庆市奉节县白帝城,东至巫山县大溪。
3　缫(sāo)丝:煮茧抽丝。
4　拨谷:即布谷鸟。布谷鸟叫声如同"布谷"二字之音。又布谷叫,表明农忙季节已到。

【解读】

《荆州歌》,乐府旧题,《乐府诗集》卷七十二收此诗,列入杂曲歌辞。此诗写荆州农妇在麦熟、茧熟季节对远在巴蜀的丈夫的思念,全诗五句皆可视为农妇对夫君诉说心思的话。理解诗意,应先从"荆州麦熟茧成蛾,缫丝忆君头绪多"入手,然后再看首二句。农妇说她在麦收、茧熟季节想念夫君,"忆君"思绪纷乱就如同抽茧出丝的丝头一样。诗中用双关语,以"丝"言"思"。农妇情思"头绪多",从大的方面看,不外二端。一是急切地盼望他能及时归来，一是想到他不能归来。细言之，盼他归来，是出于情感需要对作为夫君的思念，和出于农事需要对作为主要劳动力的丈夫的想念。想到他不能归来，是因为想到五月峡江险恶，白帝城边风波大作，瞿塘峡无人敢过。他若归来，就可能遇到生命危险。这样，既想他归来，又想到他不能归来或不应该归来，自然心绪复杂。这心绪的复杂，正反映出农妇的善良、朴质和对夫君情感的真挚。农妇以两难之心缲丝，手忙脚乱、神色不定，可以想见。如果说情感上的思念还可以勉强克制，那割麦、犁田、下种、栽秧的农活可实在不能耽误啊！诗中一句"拨谷飞鸣奈妾何"，正写出了她既怀两难之心，又为农事所忧的焦灼感和窘迫感。此诗风格酷似汉代民谣，又似今日江汉平原流行的"赶五句"。语言质朴，抒怀言事，切近农家生活，有地方特色。不但"缲丝忆君头绪多"，取境典型、言情极富表现力；末句"拨谷飞鸣"云云，也能在叙事之外别添一种韵味。使人咏而诵之，对农妇顿生同情之心。

黄鹤楼送孟浩然之广陵

故人西辞黄鹤楼,烟花三月下扬州[1]。
孤帆远影碧山尽[2],唯见长江天际流。

【注释】

1　烟花:犹言繁花如烟。
2　影:一本作"映"。碧:敦煌写本《唐人选唐诗》作"绿"。山:一本作"空"。陆游《入蜀记》:"太白登此楼(黄鹤楼)送孟浩然诗云:'征帆远映碧山尽,唯见长江天际流。'盖帆樯映远山尤可观,非江行久不能知也。"

【解读】

此诗作于开元十六年(728)春天,此前,李白和孟浩然已交往有年。"故人"在阳春烟景之时,出游繁华的扬州,固然可喜可羡,就李白而言,仍留恋难免,故作此诗以道其依依难舍之情(用沈祖棻老师说)。前人欣赏此诗,无不道其抒情之妙。概言之,则谓其乃"送别诗之祖,情意悠渺,可想不可说"(《唐诗选脉会通评林》引陈继儒语)。"语近情遥,有'手挥五弦,目送飞鸿'之妙"(《唐宋诗醇》)。细言之,则谓"'黄鹤',分别之地;'扬州',所往之乡;'烟花',叙别之景;'三月',纪别之

时。帆影尽则目力已极；江水长则离思无涯。怅望之情，俱在言外"（唐汝询辑《唐诗解》）。用"语近情遥"概括此诗抒情特色，真可谓探骊得珠之论。只是"语近"，不单指用语轻婉、浅淡，还指用平常语说平常景、叙平常事；"情遥"，不单指"不见帆影，唯见长江，怅别之情，尽在言外"（黄生《唐诗摘抄》），还见于诗中所写平常景物中。当然，最使此诗显得"情意悠渺"的，是后二句所写诗人伫立江边（有学者认为是在黄鹤楼上）久眺孤帆远去的形象。"孤帆远影碧山尽"，实际上展示的是一个漫长的送别过程。大概孟浩然解缆放船，在船头与诗人拱手道别后，诗人仍然伫立江干，目送船行。先是船只赫然在目，继而愈行愈远，唯见一片孤帆，最后连孤帆远影都望不见了。这伫立久望，自然显露的是诗人的别情依依。"唯见长江天际流"，也不仅仅是像前人说的"不见帆影，唯见长江"，是在写诗人的惆怅感。还和前说"孤帆远影"一样，是在写诗人伫立久望的专注。岂止目送船行，心亦随人远去，因而江中流水和来往船只全不在他眼中。直到孟浩然的坐船消失在水天相接处，他才收回视线，从离情别意中回过神来，注意到江水东流。和这种手法相近的，有中唐诗人钱起的名句："曲终人不见，江上数峰青"（《省试湘灵鼓瑟》），不过钱诗是写听者陶醉于音乐的感受。写别情而与此诗后二句手法最相似的，是岑参的诗句："轮台东门送君去，去时雪满天山路。山回路转不见君，雪上空留马行处。"（《白雪歌送武判官归京》）

下终南山过斛斯山人宿置酒

暮从碧山下,山月随人归。
却顾所来径[1],苍苍横翠微[2]。
相携及田家,童稚开荆扉[3]。
绿竹入幽径,青萝拂行衣[4]。
欢言得所憩[5],美酒聊共挥[6]。
长歌吟松风[7],曲尽河星稀。
我醉君复乐,陶然共忘机[8]。

【注释】

1 却顾:回头看。

2 苍苍:灰白色。翠微:指山气轻渺。

3 荆扉:柴门。

4 青萝:即女萝,又名松萝,地衣类植物。常寄生在松树上,如丝下垂,呈淡绿色或灰白色。

5 得所憩(qì):指被留宿。所憩,休息所在。

6 挥:竭。喝尽余酒为挥。

7 松风:指古乐府《风入松》曲,也可理解为松林的风声。

8 忘机:忘却巧诈之心。指心地旷达淡泊,不计得失,与世无争。机,机心,心计。

【解读】

终南山，即今陕西省西安市南之南山。过，访问。斛斯山人，一位姓斛斯（复姓）的隐士，其人事迹不详。沈德潜评此诗，说"太白山水诗亦带仙气"（《唐诗别裁》），俨然以为此诗带有"仙气"。其实，这是一首山人诗。或者说是一首表现山人生活情趣的诗，充溢其中的是山人气。诗中，不但斛斯氏是山人，李白也是山人。山人访山人，自然彼此尽露本相。诗中前四句，写日落时分诗人独自下终南山的情景。"山月随人归"云云，固然是化月之无情为有情，显出其"幽人夜来去"的特点；"却顾所来径"云云，则写出他作为山人置身山林的自得情怀。"相携及田家"以下八句，都是合写二人活动。其中"童稚开荆扉，绿竹入幽径，青萝拂行衣"，既纪其行，也是写斛斯氏"田家"风光。"美酒聊共挥，长歌吟松风，曲尽河星稀"，无疑是写两位山人同饮同歌，相得欢甚。而最能揭示山人意趣本质特征的，是篇末二句："我醉君复乐，陶然共忘机。"忘机，即心地淡泊，与世无争，这正是山人（即隐士）人生的最高境界。据此，也可以说"忘机"乃此诗艺术精神之所在。受这种艺术精神的引导，故其诗风"颇造平澹"（《李杜二家诗钞评林》）。"写景处字字幽靓，写情处语语率真"（《唐诗评注读本》）。

山中问答

问余何意栖碧山[1],笑而不答心自闲[2]。
桃花流水窅然去[3],别有天地非人间。

【注释】

1 何意:一本作"何事"。碧山:在今湖北省安陆市内。
2 不答:一本作"不语"。
3 窅(yǎo)然:深远的样子。窅,一本作"宛"。

【解读】

　　山,指白兆山,位于今湖北省安陆市。李白三十岁左右曾隐居白兆山桃花岩。诗题一作《山中答俗人》,一作《答问》。《河岳英灵集》作《答俗人问》。揣摩诗意,诗题还是作《山中问答》好。黄生解此诗,言其有"趣",谓"三、四只当'心自闲'三字注脚,究竟不曾答其所以。栖山原非本怀,然难为俗人道,故立言如此"(《唐诗摘抄》),似未尽得诗意。此诗主要是用山中问答方式,抒发诗人隐居白兆山,得以摆脱人间纠纷,得大自在的自得之感。山中问答,可以说是答他人问,也可以理解为诗人自问自答,写其心中自得才是本意。其"心自闲",正是因为身处并非人间的另一天地之中,而"笑而不答"实乃

"心自闲"的一种表现,并非"难为俗人道"而不道。当然,诗人写他的自得之感,只是略说山中景象清美、新奇而已,但他"随心趁口,不经思维,苍词古意,自成天籁"(《唐诗选脉会通评林》),说山景而自然带出世外桃源境界,令人生想。而说山居如在桃源,自得之意,可谓浓矣。故李东阳极称此诗"淡而愈浓,近而愈远"(《麓堂诗话》),是指诗中所写诗人身在桃源的自得之意而言。此诗出语自然,意在言外,读其诗当会其意。或如前人所说:"此诗信手拈来,字字入化,无段落可寻,特可会其意,而不可拘其辞也。"(王尧衢辑注《古唐诗合解》)

蜀道难

噫吁嚱[1]，危乎高哉。蜀道之难，难于上青天。蚕丛及鱼凫[2]，开国何茫然。尔来四万八千岁，不与秦塞通人烟。西当太白有鸟道[3]，可以横绝峨眉颠[4]。地崩山摧壮士死[5]，然后天梯石栈相钩连[6]。上有六龙回日之高标[7]，下有冲波逆折之回川。黄鹤之飞尚不得过，猿猱欲度愁攀援[8]。青泥何盘盘[9]，百步九折萦岩峦[10]。扪参历井仰胁息[11]，以手抚膺坐长叹。问君西游何时还？畏途巉岩不可攀[12]。但见悲鸟号古木，雄飞雌从绕林间。又闻子规啼夜月[13]，愁空山。蜀道之难，难于上青天，使人听此凋朱颜。连峰去天不盈尺，枯松倒挂倚绝壁。飞湍瀑流争喧豗[14]，砯崖转石万壑雷[15]。其险也如此，嗟尔远道之人，胡为乎来哉。剑阁峥嵘而崔嵬[16]。一夫当关[17]，万夫莫开。所守或匪亲，化为狼与豺。朝避猛虎，夕避长蛇。磨牙吮血，杀人如麻。锦城虽云乐[18]，不如

早还家。蜀道之难,难于上青天,侧身西望长咨嗟[19]。

【注释】

1　噫吁嚱(yī xū xī):惊叹声。《宋景文公笔记》:"蜀人见物惊异,辄曰噫吁嚱。李白作《蜀道难》,因用之。"

2　蚕丛、鱼凫(fú):远古蜀国的两个君王。扬雄《蜀王本纪》:"蜀王之先名蚕丛、柏灌、鱼凫、蒲泽、开明……从开明上至蚕丛,积三万四千岁。"

3　太白:山名,秦岭主峰,位于今陕西省眉县东南。鸟道:鸟飞的通道。

4　峨眉:山名,位于今四川省峨眉山市西南。

5　壮士死:《华阳国志·蜀志》云:"秦惠王知蜀王好色,许嫁五女于蜀。蜀遣五丁迎之。还至梓潼,见一大蛇入穴中。一人揽其尾掣之,不禁。至五人相助,大呼拽蛇。山崩时压五人及秦五女并将从,而山分为五岭,入蜀之路遂通。"

6　天梯:指高而陡的山路。石栈:俗称"栈道",在峭壁上凿石架木筑成的通道。

7　六龙:传说羲和每天驾着六龙所拉的车子,载着日神从东往西行驶。回:回转。高标:高的标志,指蜀道中的最高峰。一说为山名,即"望高山"。

8 猱(náo)：猿的一种，善攀援。

9 青泥：岭名，位于今陕西省略阳县北。

10 萦岩峦：意谓围着山岩峰峦打转。

11 扪(mén)：摸。参、井：星宿名，分别为蜀与秦的分星。古代天文学将十二星辰位置与地面州、国对应，就天文言，参星、井星分别为蜀地、秦地的分星；就地理言，则蜀地、秦地分别为参星、井星的分野。

12 巉(chán)岩：高峻的山崖。

13 子规：杜鹃鸟，相传为古代蜀君杜宇魂化而成，逢春即鸣，啼时嘴角流血，声音悲凄。

14 飞湍(tuān)：奔腾的急流。喧豗(huī)：喧闹声。

15 砯(pēng)：水击岩石发出的声响。

16 剑阁：今四川省剑阁县大、小剑山之间的栈道。崔嵬(wéi)：高耸、高峻之状。

17 一夫当关：晋张载《剑阁铭》："惟蜀之门，作固作镇。是谓剑阁。……一夫荷戟，万夫趑趄，形胜之地，非亲勿居。"

18 锦城：锦官城的简称，故址位于今四川省成都市南。

19 咨(zī)嗟：叹息。

【解读】

《蜀道难》为南朝乐府旧题，郭茂倩《乐府诗集》卷

四十收入此诗,列入相和歌辞瑟调曲。李白此诗作于长安,时间应在天宝十二载(753)以前。《本事诗·高逸》言:"李太白初自蜀至京师,舍于逆旅。贺监知章闻其名,首访之。既奇其姿,复请所为文。出《蜀道难》以示之。读未竟,称叹者数四,号为谪仙,解金龟换酒,与倾尽醉。期不间日,由是称誉光赫。"关于《蜀道难》的主旨,历来众说纷纭,最为可取的是詹锳先生的送友人入蜀说。其构思略同于李白《西岳云台歌送丹丘子》、《峨眉山月歌送蜀僧晏入中京》,以及岑参的《白雪歌送武判官归京》等。这类诗主要是通过描写某种自然景象来表达送别之情。它们有如画家的赠人之作,出现在画面的是巍峨雄奇的江山或异彩纷呈的自然景观,画家的送人之意就包含在他所创造的意境中。李白的《蜀道难》也是如此,它主要是通过描写蜀道之难表达对友人入蜀的关切之意。诗的中心内容,就是蜀道之难,难于上青天。诗人着力描写的,就是蜀道难的"难"。诗中写蜀道之难,不单写自然环境的艰险,还写到人事环境的险恶,对梁陈诗人作《蜀道难》仅言其险而不及其他,是一个突破。李白并没有走蜀道的经历,他能成功地写出蜀道之难,诀窍有三。一是取材多从神话传说、文史资料中来。诗人将有关蜀道的神话、传说、历史和文学资料交融在一起,结合自己登临山水的体验,构思蜀道之难的形象、氛围、境界,能使人产生新异、奇险,以至神秘的感觉。二是写蜀道之险,极尽夸张、形容之能事。其中无论概叙,还是细说,无不形象鲜明，使人触目惊心。三是诗中有人，既有置身蜀道的友人，又有位于蜀道之外的诗人。诗人既用友人置身蜀道的强烈感受衬写蜀道的艰险，又借和友人的对话（诗中表现为有问无答），表示对友人安危的关心和反复强调蜀道的险、难。此外，诗以嗟叹起，以嗟叹结，始终在诗人为蜀道之难感到讶异、惊骇的话语氛围中描叙蜀道之难，以及三次在诗中慨叹："蜀道之难难于上青天"，都对蜀道之难起有反复渲染、不断强化的作用。前人说："篇中三言蜀道之难，所谓一唱三叹也。"（《唐音审体》评语）其实这一唱三叹之词，也可理解为诗人对友人的再三提醒。

乌夜啼

黄云城边乌欲栖[1],归飞哑哑枝上啼[2]。
机中织锦秦川女[3],碧纱如烟隔窗语[4]。
停梭怅然忆远人[5],独宿孤房泪如雨。

【注释】

1 边:一本作"南"。欲:一本作"夜"。

2 哑哑:乌鸦鸣叫声。

3 机中织锦:一本作"闺中织妇"。秦川女:指苏蕙。前秦苻坚在位时,窦滔任秦州刺史,因罪流放至流沙(今甘肃省敦煌市)一带。其妻苏蕙思念丈夫,织锦为回文诗赠给窦滔。其诗共八百四十字,宛转循环以读皆成诗,且每首诗都凄婉感人。

4 碧纱:绿色窗纱。

5 远人:指远在外地的丈夫。

【解读】

《乌夜啼》,六朝乐府旧题名,属西曲歌。《乐府诗集》卷四十七收此诗,列入清商曲辞。今存《乌夜啼》歌词,多写男女离别后的相思之情。李白《乌夜啼》,写思妇对远在外地的夫君的怀念,贺知章读此诗,叹赏苦吟,称其"可泣鬼神"。小诗语简情深,与诗人另一作品《乌栖曲》

同被前人视为精金碎玉。简言之,此诗由写黄昏时分室外乌鸦啼叫和室内织锦女的三个表情细节组成。写室外乌啼,特意点出"黄云城边",带出一种黯淡、昏沉的氛围,同时又用"哑哑"摹写鸦啼之声,使得气氛更为凄切恼人。无疑,这黯淡低迷的"黄云"天,和烦扰人心的乌啼声,正是触发思妇愁思的外在动因。另一方面,室外黄云密布,乌啼哑哑所造成的凄迷、愁惨环境,对思妇悲苦之深也有烘托作用。写室内织锦女的表情,则连写三个细节。一是"碧纱如烟隔窗语",日色昏暗,窗上碧纱朦胧如烟,思妇临窗说些什么?是诅咒乌啼?是埋怨夫君?总是情因景生,喃喃自语。诗人不说思妇所语何事,并非隔烟窗而未闻,而是有意避免明言,给读者提供一个咀嚼不尽的细节。二是"停梭怅然忆远人",这里描写的动作和心态,显然是前句"隔窗语"意绪流动的延伸,只是场面移到了织机上。三是"独宿孤房泪如雨",这自然是思妇伤怀至极的表现。"独宿孤房"四字说明她的伤怀至极,乃因夫君远离久别而起。三个细节,一种悲哀。但随着时间推移,思妇伤怀的地点在变、方式在变,最大的变化是她胸怀悲苦,由始闻乌啼时的尚能自持发展到泪落难禁,可谓层层转深。不可忽略的是,诗人写思妇之悲,仅仅概言其为思夫所苦的外在动作、形态,而不细言其心事,这样倒使诗言外有情,语浅意深,令人回味不尽。前人称此诗"只浅淡语,情款无限","蕴含深远,不须语言之烦",正说出了这种修辞手法的妙处。

乌栖曲

姑苏台上乌栖时[1],吴王宫里醉西施。
吴歌楚舞欢未毕,青山欲衔半边日。
银箭金壶漏水多[2],起看秋月坠江波,
东方渐高奈乐何[3]!

【注释】

1 姑苏台:遗址位于今江苏省苏州市西南。《述异记》记载:吴王夫差筑姑苏之台,三年乃成。周旋诘曲,横亘五里,崇饰土木,殚耗人力。宫妓千人。上别立春宵宫,为长夜之饮。造千石酒钟。作天池,池中造青龙舟,舟中盛陈妓乐,日与西施为水嬉。乌栖时:指黄昏时候。

2 银箭金壶:古代计时工具。用铜壶盛水,下有小孔,水从孔中漏出。水中立有一箭,上有刻度。用水面下降显出的刻度,表明时间的变化。

3 东方渐高(hào):指太阳从东方升起。高,同"皓",光明之意。

【解读】

《乌栖曲》为南朝乐府西曲歌旧题,《乐府诗集》卷四十八收此诗,列入清商曲辞。此诗歌咏吴王夫差与西施昼夜饮酒作乐之事,讽刺的是唐玄宗与杨贵妃作长夜饮的时事。据《述异记》记载,吴王夫差筑姑苏台,三年乃成。台周旋诘曲,横亘五里,有宫妓千人。上别立春宵宫,为长夜之饮。造千石酒钟。作天池,池中造青龙舟,舟中盛陈妓乐,日与西施为水嬉。《乌栖曲》即取材于此,但着力写的是夫差与西施的长夜之饮。正因着力写其长夜之饮,故七句诗就有五句写时间的推移。从"姑苏台上乌栖时"直写到"东方渐高(同'皓')奈乐何",不断地点出时间推移,看似客观叙事,却句句隐含讽刺之意。此诗妙处,突出的有两点。一是语句锻造得妙,所谓"吐辞缥缈,语带云霞"。像"青山欲衔半边日","起看秋月坠江波",借山借水从动态角度写日月之行,不单形象生动,而且带出一种氛围。怪不得王夫之讲"青山句天授,非人力"(《唐诗评选》)。二是寄托深远,出语委婉、含蓄。夫差沉迷酒色,二十年后勾践起兵复仇,吴国遂亡。诗中并不说破这层意思,有意在篇末缀一单句,仅道"东方渐高奈乐何",将夫差乐极生悲之悲留待读者去想象。故前人说"起看秋月二句,意思委婉,反复讽诵,为之泪下"(桂天祥《批点唐诗正声》)。当年贺知章"见其《乌栖曲》,叹赏苦吟,曰:'此诗可以泣鬼神矣。'"(《本事诗·高逸》),大概也是在"苦吟"中领会到了此诗未尽之意的缘故。

将进酒

君不见,黄河之水天上来,奔流到海不复回。君不见,高堂明镜悲白发,朝如青丝暮成雪。人生得意须尽欢,莫使金樽空对月。天生我材必有用,千金散尽还复来[1]。烹羊宰牛且为乐[2],会须一饮三百杯[3]。岑夫子,丹丘生[4],将进酒,杯莫停。与君歌一曲,请君为我倾耳听:钟鼓馔玉不足贵[5],但愿长醉不复醒。古来圣贤皆寂寞,惟有饮者留其名。陈王昔时宴平乐[6],斗酒十千恣欢谑。主人何为言少钱,径须沽取对君酌[7]。五花马[8],千金裘,呼儿将出换美酒[9],与尔同销万古愁。

【注释】

1 千金散尽:李白《上安州裴长史书》言:"曩昔东游维扬,不逾一年,散金三十万。有落魄公子,皆悉济之。"

2 烹羊宰牛:指置办丰盛的酒宴。

3 会须:应当。陈暄《与兄子秀书》:"郑康成一饮三百杯,吾不以为多。"

4　岑夫子:指岑勋。丹丘生:指元丹丘。

5　钟鼓馔(zhuàn)玉:形容富贵豪华的生活。馔玉,食用精美的食品。

6　陈王:指三国时魏国陈王曹植,其《名都篇》有云:"归来宴平乐,美酒斗十千。"平乐:观名,汉明帝所建,位于洛阳西门外。

7　径须:只管,毫不犹豫。沽取:买取。

8　五花马:毛色为五色花纹的马。一说剪马鬃分成五瓣花纹的马。

9　将出:拿出。

【解读】

《将进酒》可以说是一首劝酒歌,劝饮的对象是"岑夫子,丹丘生"。从诗人劝饮的理由,可以看出他有及时行乐、轻视功名富贵的思想。从他说"与尔同销万古愁",可知诗人既用这种想法自解,又用这种想法宽慰对方。因为是劝歌歌,故诗人抒怀、说理全用第二人称口吻。从开头两句"君不见"到最后一句"与尔同销"云云,都是用的与友人对谈的语气。从诗句内容,我们可以想见岑、元二人和李白在席间肯定会有关于人生不得意的议论。但三人究竟说些什么,李白没有写。他只写了他的想法,而且这想法只是他自己和岑、元二人交谈的感受。为劝友人痛饮、醉饮,诗人说了不少理由,其中最为堂而皇之的是人生易老,所以"人生得意须尽欢",而"尽欢"的最好方式就是痛饮。其次则是不必为金钱忧愁,所谓"千金散尽还复来"、"主人何为言少钱"。大抵劝人饮酒,许多事都可作为理由,而且可以把饮者之高之雅之可贵说得万不可及。这一点可谓古今相通。李白劝饮,就说"钟鼓馔玉不足贵,但愿长醉不用醒。古来圣贤皆寂寞,惟有饮者留其名"。这些话实是兴之所至,极而言之。不过这些观念倒是诗人潜意识的真实显露,说它片面,也有它"正确"的一面。故杨慎说:"太白狂歌,实中玄理,非故为狂语者。"(《唐诗广选》引)此诗豪放、雄健,与诗中频作大言壮语,豪迈淋漓之气有关。如开头以"黄河之水天上来,奔流到海不复回"起兴,说人年寿消逝无可挽回,就形象巨大。而下句说头发"朝如青丝暮成雪",将人渐老过程缩短为朝暮之变,更使人触目惊心。他如"千金散尽还复来"、"但愿长醉不复醒"、"与尔同销万古愁",都是用夸张手法极言、尽言其事,一任豪情奔涌。

行路难（三首选一）

金樽清酒斗十千[1]，玉盘珍羞直万钱[2]。停杯投箸不能食，拔剑四顾心茫然。欲渡黄河冰塞川，将登太行雪满山。闲来垂钓碧溪上[3]，忽复乘舟梦日边[4]。行路难，行路难，多歧路，今安在？长风破浪会有时[5]，直挂云帆济沧海。

【注释】

1 斗十千：言一斗酒十千钱，形容酒美价昂。斗，古代的盛酒容器。

2 羞：同"馐"，菜肴。直：同"值"。

3 垂钓：传说吕尚未遇周文王时，曾垂钓于磻（pán）溪（位于今陕西省宝鸡市东南）。

4 梦日边：伊尹在将接受商汤聘请时，梦见自己乘舟从日月旁边经过。

5 长风破浪：南朝刘宋宗悫年少时，其叔父宗炳问他志向如何，悫曰：愿乘长风、破万里浪。会：当。

【解读】

《行路难》为乐府旧题，《乐府诗集》卷七十收此诗，列入杂曲歌辞。《乐府解题》谓"《行路难》，备言世路艰难及离别悲伤之意,多以'君不见'为首"。今存而写得最早的作品,是鲍照的十八首《拟行路难》。李白有三首《行路难》,三诗并非作于一时一地,写法却是全学鲍诗。这里选的是第一首。读这首诗,一个因在现实政治生活中找不到出路而感到万分痛苦,但又显得无可奈何的形象矗立在我们面前。他面对丰美的酒食,拿起筷子,端起酒杯,却又放了下来,情不自禁地拔出剑来想刺向一个地方。可四处环顾,只觉得茫然一片,不知刺向何处。李白不是劝人"会须一饮三百杯"吗?眼前的他却"停杯投箸不能食",正说明有巨大的痛苦在咬噬他的心灵。当年鲍照也曾"对案不能食,拔剑击柱长叹息",可李白是"拔剑四顾心茫然",他是无物可击——无处一泄悲愤啊!其悲苦显然较鲍照为甚。但他在诗中并未直说因何种挫折而深感行路之难,只是将其行路之难的深切感受托之譬喻道出。所谓"欲渡黄河冰塞川,将登太行雪满山",真是处处"此路不通"。诗的妙处,在于不但写出了现实中行路之难,还写出了诗人幻想中的行路不难,并用自己幻想得到吕尚、伊尹那样偶然遇合的机遇,来衬写现实中的行路之难,使其痛呼"行路难,行路难,多歧路,今安在",更有一种震撼人心的力量。末二句说施展抱负"会有时",实属自慰、自勉,看似说得达观、豪迈,骨子里却是情感的挣扎,内含十二万分的无奈。从艺术表现角度看,诗人愈把幻想中的未来说得美妙,愈使人感到他现实中的行路之难。

行行且游猎篇

边城儿,生年不读一字书,但知游猎夸轻趫[1]。胡马秋肥宜白草[2],骑来蹑影何矜骄[3]!金鞭拂雪挥鸣鞘[4],半酣呼鹰出远郊。弓弯满月不虚发,双鸧迸落连飞髇[5]。海边观者皆辟易[6],猛气英风振沙碛[7]。儒生不及游侠人,白首下帷复何益[8]!

【注释】

1 轻趫(qiáo):敏捷。
2 白草:一种牧草,成熟后为白色。
3 蹑影:追逐日影,此指骑马速度很快。
4 鞘(shāo):鞭鞘。
5 鸧(cāng):指灰鹤。髇(xiāo):骨制的响箭。
6 辟易:倒退。
7 沙碛(qì):沙漠。
8 下帷:放下帷幕,此指闭门读书。

【解读】

《行行且游猎篇》,古代诗歌题目,始创于梁代刘孝威。刘氏诗系吟天子游猎事,此诗则咏边城儿游猎而发愤世之叹。诗中点示边城儿特点的关键句子是"生年不读一字书，但知游猎夸轻趫"。细加描述的只是"游猎夸轻趫"。在诗人笔下，边城儿武艺高强，所谓"弓弯满月不虚发，双鸧迸落连飞䬃"。但没有曹植所写幽并游侠儿那样一种"捐躯赴国难，视死忽如归"（《白马篇》）的精神境界，相反，却怀有骄矜之心、热衷于自我夸耀。所谓"胡马秋肥宜白草，骑来蹋影何矜骄"。诗人说他们一不读书，二无高尚德行，自有贬义在内。可就是这样一类人，却能"猛气英风振沙碛"，当然会引发诗人的慨叹。所谓"儒生不及游侠儿，白首下帷复何益"，其含义既不同于前于李白的杨炯所说的"宁为万夫长，胜作一书生"（《从军行》），也不同于后于李白的李贺所说的"寻章摘句老雕虫，晓月当帘挂玉弓。不见年年辽海上，文章何处哭秋风"（《南园》其六）。就是和李白自己所说"君不能学哥舒，横行青海夜带刀，西屠石堡取紫袍。吟诗作赋北窗里，万言不直（值）一杯水"（《答王十二寒夜独酌有怀》），也有区别。李白拿儒生和游侠之士对比，对儒生不为世人所重有不平之意，但主要是对朝廷穷兵黩武以开边，使得尚武之风流行不满意。如前人所说："此白愤时有激而作。盖天宝以后益好边功，武士得志，亦世道之忧也。"（《唐宋诗醇》）诗用二韵，前半用韵音声响亮，出语"轻快、绝不粘手"（陆时雍《唐诗镜》）；后半用韵音声不振，出语亦由轻快转为沉缓。

北风行

烛龙栖寒门[1],光耀犹旦开。日月照之何不及此?惟有北风号怒天上来。燕山雪花大如席[2],片片吹落轩辕台[3]。幽州思妇十二月[4],停歌罢笑双蛾摧[5]。倚门望行人,念君长城苦寒良可哀。别时提剑救边去,遗此虎文金鞞靫[6]。中有一双白羽箭,蜘蛛结网生尘埃。箭空在,人今战死不复回。不忍见此物,焚之已成灰。黄河捧土尚可塞[7],北风雨雪恨难裁。

【注释】

1 烛龙:神话所说的神龙,人面龙身而无足。它活动在雁门以北,隐蔽于委羽山。寒门:神话中北方严寒之地。积寒所在,故曰寒门。因神龙睁眼为昼,闭眼为夜,故下句说"光耀犹旦开"。

2 燕山:位于今河北省平原北侧,此处概举燕山之地,非专指一山。

3 轩辕台:遗址在今河北省怀来县乔山上。

4 幽州:相当于今河北省北部和辽宁省南部一带。

5 双蛾摧:双眉低垂。蛾,女子娟秀的眉毛。

6 鞞靫（bǐ chāi）：箭囊。

7 "黄河"句：《后汉书·朱浮传》："此犹河滨之人，捧土以塞孟津，多见其不知量也。"此句反用其意。

【解读】

《北风行》，乐府旧题。《乐府诗集》卷六十五收此诗，列入杂曲歌辞。此诗当作于天宝十一载（752），李白时在幽州。诗写"救边"烈士之妻怀念夫君的痛苦，反映出诗人对烈士遗孀的同情，和对安禄山频启边衅给民众带来苦难的不满。诗以叙事方式写"幽州思妇"的悲哀，但其叙事带有浓重的抒情色彩。诗的前六句，极写幽州酷寒景象，不但为下写思妇愁苦提供了抒情氛围，还起有引发作用，故接下来，诗中即写思妇因酷寒而对死者的忆念之情。其中，"倚门望行人，念君长城苦寒良可哀"二句，写动作、写心理活动，忆念之情全由此生发而出。须知，诗中的"行人"（即出征的人）和"念君"之"君"，正是她已经"战死"的夫君。明白这点，再来看这两句诗描画的思妇形象，就不单觉得其情思感人，对其所蕴含的思想意义也会有更深的认识。当然，这种认识，离不开对"别时提剑救边去"以下诸句内容的了解。"别时提剑"云云，纳叙事于忆念中，是以叙事言其悲哀。中谓"箭空在，人今战死不复回。不忍见此物，焚之已成灰"，写尽思妇不堪忍受而极力想躲避失夫之痛的心态。从写作艺术而言，写这种心态正是进一步写思妇痛苦之深。箭虽然已焚烧成灰,可思夫的情绪却从未消解,不然,她就不会在酷寒之时,"倚门望行人",和深感"北风雨雪恨难裁"了。诗中以"燕山雪花大如席"作气氛渲染,以"黄河捧土尚可塞"衬写悲恨难裁,都用了夸张手法。人们都知道前者是运用夸张手法的名句,其实,由于和"片片吹落轩辕台"搭配在一起,它还是独具理趣的妙句(其趣可从探寻台名文化意蕴入手领悟)。吴瑞荣即云:"雪花如席,自属豪句,看下句接轩辕台,另绘一种舆图,另成一种义理。"(《唐诗笺要续编》)谢榛亦谓此二句"景虚而有味"(《四溟诗话》)。

关山月

明月出天山[1],苍茫云海间。
长风几万里,吹度玉门关。
汉下白登道[2],胡窥青海湾[3]。
由来征战地,不见有人还。
戍客望边色[4],思归多苦颜。
高楼当此夜[5],叹息应未闲。

【注释】

1 天山:指今甘肃省西北部的祁连山。匈奴人称天为祁连,又祁连山与今新疆境内的天山相连,故有此称。

2 白登:山名,位于今山西省大同市东。汉高祖刘邦与匈奴作战,在白登被围困七日。

3 青海:青海湖,位于今青海省境内。

4 戍(shù)客:驻守边关的战士。边色:边地景象。

5 高楼:指戍客之妻居住地。徐陵《关山月》:"思妇高楼上,当窗未应眠。"

【解读】

《关山月》,乐府旧题。《乐府诗集》卷二十三收此诗,列入横吹曲辞。此诗在巨大的时空背景下，写成者思乡之苦。所谓巨大的空间背景，指的是诗中头四句描绘的壮观场面。前人称此四句气盖一世，有浑雄之美。高声诵读，仔细体会，确实感到这四句诗写出了茫茫边地空旷冷寂、荒凉萧索，而又动荡不安的特点。悠长的时间背景，指的是诗中次四句写边地征战，军人有去无回，直从汉代说到唐代当时。可见诗中布设的时空背景，带有浓重的人文色彩。前八句所写内容，大略与王昌龄"秦时明月汉时关，万里长征人未还"（《从军行》）所言相近，虽比王诗写得细，却不如王诗凝炼、生动。只是王诗是借吟汉事写唐事。"但使龙城飞将在"云云，在字面上是紧承"秦时明月"二句连贯而下。而《关山月》却用"明月出关山，苍茫云海间……由来征战地，不见有人还"这样令征人为之心寒的时空背景，来衬写唐代现实中"戍客""思归"之苦。如此衬写，不但能加深读者对"戍客望边色，思归多苦颜"的理解，就是对戍者之妻的"高楼当此夜，叹息未应闲"（亦为衬写"戍客""思归"之苦而设）也会更多几分同情之心。

登高丘而望远海

登高丘,望远海。六鳌骨已霜[1],三山流安在。扶桑半摧折[2],白日沉光彩。银台金阙如梦中[3],秦皇汉武空相待。精卫费木石[4],鼋鼍无所凭[5]。君不见骊山茂陵尽灰灭[6],牧羊之子来攀登[7]。盗贼劫宝玉,精灵竟何能!穷兵黩武今如此,鼎湖飞龙安可乘[8]?

【注释】

1 六鳌:神话中负载海上两座仙山(岱舆、员峤)的六只大龟,后被龙伯国巨人钓走。

2 扶桑:神木名。《十洲记》云:"扶桑在大海中,树长数千丈,一千余围,两根同干,更相依倚,日所出处。"

3 银台金阙:均为神仙居住处。

4 精卫:鸟名。传说炎帝女儿淹死在东海,化为精卫鸟,常衔西山木石以填东海。

5 鼋鼍:传说周穆王在九江架鼋鼍为梁,渡过长江,南伐楚国。

6 骊山:位于今陕西省临潼东南,因古骊戎居此得名,秦始皇葬于此。茂陵:汉武帝刘彻的陵墓。位于今陕西省兴平市东北。

7 牧羊:《汉书·刘向传》记载,有一只羊跑入秦始皇墓中,牧人持火把寻找,不慎失火,把秦始皇的藏椁(外棺)烧了。

8 鼎湖:位于今河南灵宝市一带。传说黄帝在荆山下铸鼎,鼎成,有龙垂胡髯迎黄帝升天,后称其地曰鼎湖。

【解读】

《登高丘而望远海》,乐府旧题。《乐府诗集》卷二十七收此诗,列入相和歌辞。此诗构思从乐府旧题题名切入,通过写诗人"登高丘而望远海"的所"见"所思,以否定秦皇、汉武的求仙行为。而对秦皇、汉武求仙行为的否定,实是借论古以言今,讽刺的是热衷求仙之道的唐玄宗。诗中"六鳌骨已霜……秦皇汉武空相待",实是写诗人"思"中所"见",即写在一定观念指导下想象出来的情景。其思维方式是利用神仙传说的相关题材,而对神仙世界和成仙之事作根本性的否定。"精卫费木石"二句是衬笔,是衬写求仙、成仙之事不可信的。从结构上看,这两句又是由前写仙家世界不存在、秦皇汉武空相待到后写秦皇、汉武尸骨灰灭的过渡句。后幅写秦皇、汉武终未成仙的身后之事,特以"君不见"领起诸句,而纳感慨、议论于叙事中,不但再一次证明求仙之事不可信,还用他们身后的结局和生前迷恋成仙构成鲜明对比，而对比本身即含讥斥之意。当然，明确嘲讽秦皇、汉武求仙不得的诗句是篇末二句："穷兵黩武今如此，鼎湖飞龙安可乘！"意谓彼等生前竭尽兵力，任意发动战争，死后却如此下场，怎么能够乘飞龙上天成为神仙呢？据此，知诗人不满于秦皇、汉武的，除迷恋求仙外，还有生前的穷兵黩武。全诗以成仙之说不可信为立论骨架，以慨叹、嘲讽兼具的语气反复叙说前代帝王秦皇、汉武的"空相待"，虽无一字言及时事，但言外之意十分明白。王夫之评论此诗，就说："后人称杜陵为诗史，乃不知此九十一字中有一部开元、天宝本纪在内。俗子非出像则不省，几欲卖陈寿《三国志》，以雇说书人打匾鼓夸赤壁鏖兵。可悲可笑，大都如此。"（《唐诗评选》）王夫之认为此诗讥刺秦皇、汉武，实句句落在唐玄宗身上，言之有理。他批评"俗子非出像则不省"，对我们从体会言外之意的角度理解此诗立意，是有启发的。

久别离

别来几春未还家,玉窗五见樱桃花。况有锦字书,开缄使人嗟[1]。至此肠断彼心绝,云鬟绿鬓罢梳结[2],愁如回飙乱白雪[3]。去年寄书报阳台[4],今年寄书重相摧[5]。东风兮东风,为我吹行云使西来。待来竟不来,落花寂寂委青苔。

【注释】

1 开缄:指打开信封。缄,信函。
2 鬟:即发髻。
3 回飙:回旋的风。
4 阳台:诗中指妻子所在地。
5 摧:《乐府诗集》作"催"。

【解读】

《久别离》,和《远别离》一样,都是李白依江淹拟古所作《古别离》自创的乐府题名。《乐府诗集》卷七十二收此诗,列入杂曲歌辞。诗写夫妻久久别离的相思之苦,是以男子为抒情主人公,行文亦全用夫君自述口吻。诗中写男子对妻子的思恋之情,主要以夫妻间的"两地书"作为构思的"情节"线索,既写"我"也思念,也写"她"

也思念。首二句自述说二人离别之久,就兼及二人感受而言,特别点出妻子的"玉窗五见樱桃花"。这种思维方式、表述方式更充分地体现在下面的叙说中。自"况有锦字书"至"愁如回飙乱白雪"五句,重点是写妻子对"我"的思恋之苦,具体说,是写"我"读"锦字书"而想到的"她"的思恋之苦。当然,"我"有此想象,正说明"我"对"她"思恋之深,诗人在这里用了进一层的写法。但从另一面看,"我"能油然而生此想,不正说明妻之"锦字书"所表达的思恋之苦太深沉、太使"我"刻骨铭心了吗?诗中"开缄使人嗟"、"至此肠断"中的"肠断"就写出了"我"的这种感受。而"彼心绝","云鬟绿鬓罢梳结,愁如回飙乱白雪",恰恰是"我"从"锦字书"中读出来的妻子的形容、心态。"愁如"一句用回飙乱雪喻愁,不单写出愁绪纷乱之状,还写出了思妇为愁所扰,其心难得安宁的痛苦之状。从"去年寄书报阳台"至篇末,自是直接写"我"对妻的思恋之情。诗人说去年寄书与她,今年又寄书相催,又祈望东风"为我吹行云使西来",见得"我"盼妻团聚,情也殷殷,意也切切。末二句写"待来竟不来,落花寂寂委青苔",寓不尽情思于景,写满怀希望等待妻来而终于不来的失望感,更显出"我"为思恋所苦的怨尤和无奈。此诗用语、造句,颇能适应情感抒发的需要。如首二句用两七字句说久别之事,已引出夫妻思恋之苦的原因,接着忽用两五字句,且以"况"字领起,带来节奏之变,就很好地表现了感情忽起波澜的特点。此外，诗中连说"去年寄书"、"今年寄书"的话语方式、如同口语的句子，以及祈求东风的做法，都与词、曲、民歌有相似处。

长干行(二首选一)

妾发初覆额[1],折花门前剧[2]。
郎骑竹马来,绕床弄青梅。
同居长干里[3],两小无嫌猜。
十四为君妇,羞颜未尝开。
低头向暗壁,千唤不一回。
十五始展眉,愿同尘与灰。
常存抱柱信[4],岂上望夫台[5]。
十六君远行,瞿塘滟滪堆[6]。
五月不可触[7],猿声天上哀[8]。
门前迟行迹[9],一一生绿苔。
苔深不能扫,落叶秋风早。
八月蝴蝶来,双飞西园草。
感此伤妾心,坐愁红颜老[10]。
早晚下三巴[11],预将书报家。
相迎不道远,直至长风沙[12]。

【注释】

1 初覆额:才盖住额头。古代小孩不束发。

2　剧：游戏。

3　长干：即长干里，又名长干巷，在今江苏省南京市南秦淮河两岸山冈之间平地处。

4　抱柱信：相传尾生与女子约好在梁（桥）下相会，到时女子未来，水暴涨，尾生不走，抱梁柱而被淹死。事见《庄子·盗跖》。

5　望夫台：相传古代一女子思念外出的丈夫，上台眺望，故名。《明一统志》卷六十九："望夫台，在忠州（今重庆市万县）南一十里。"

6　瞿塘：瞿塘峡，长江三峡之一。滟滪（yàn yù）堆：瞿塘峡口的大礁石，周回二十丈。为便于航运，1958年被炸除。

7　五月不可触：夏历五月，江水上涨，礁石为水淹没，仅露出一小块，行船极易触礁。民歌有云："滟滪大如袱，五月不可触。"

8　猿声：三峡多猿，其声哀婉。古有歌谣云："巴东三峡巫峡长，猿鸣三声泪沾裳。"

9　迟：等待。行迹：足迹。

10　坐：因。

11　早晚：如说"何时"。三巴：指巴郡、巴东、巴西三郡。《小学绀珠》云："三巴，巴郡今重庆府，巴东今夔州，巴西今合州。"

12　长风沙：地名，位于今安徽省安庆市东长江边。陆游《入蜀记》卷三说从金陵至长风沙有七百里。

【解读】

原诗二首，此选第一首。长干，即长干里、长干巷，地名，位于今江苏省南京市。江东称山陇之间地为干。《长干行》，乐府旧题。原为长江下游民歌。此诗写一少妇对入蜀丈夫的思念。这是一对恩爱的小夫妻，婚后从未分离过。此次离别，大概半年有余了。她是那样急切地盼他归来，此诗即以思妇面对夫君诉说相思之苦的口吻，写她的思夫之心。写思夫之心，从二人青梅竹马、两小无猜的童年友谊说起。少妇回忆初嫁时羞颜未开，纵然夫君千呼万唤，自己也怯于应对；继而情感溢于眉间，愿如尘灰相和，与丈夫永不分离。然后写到此次远别、久别，少妇对夫君与日俱增的思念，既说"门前迟行迹，一一生绿苔"，又说"八月蝴蝶来，双飞西园草。感此伤妾心，坐愁红颜老"。还叮咛对方"早晚下三巴，预将书报家"，说自己"相迎不道远，直至长风沙"。少妇的诉说、表白如此朴质、真实，一言一语，皆从胸臆间流出，萦迂回折，无不显出她对夫君的情爱之深。此诗写少妇对夫君的思念，构思、叙事、情调很有些像南朝民歌《西洲曲》。如其叙事，不单取材典型，而且描写生动传神。像"郎骑竹马来，绕床弄青梅。同居长干里，两小无嫌猜"四句，几乎成了描写小儿女天真无邪、亲爱嬉戏的经典诗句，成语"青梅竹马"，即从此出。而"两小无嫌猜"，说尽幼年男女多少天真烂漫情事；"低头向暗壁，千唤不一回"，将初嫁新娘因与新郎太熟而产生的羞态，写得何等生动。读其诗，一明艳娇憨、因思夫而略含哀怨的少妇即现眼前，可见诗人对所写人物内心世界揣摩得透。

古朗月行

小时不识月,呼作白玉盘。

又疑瑶台镜[1],飞在青云端。

仙人垂两足,桂树何团团[2]。

白兔捣药成[3],问言与谁餐?

蟾蜍蚀圆影[4],大明夜已残。

羿昔落九乌[5],天人清且安。

阴精此沦惑[6],去去不足观[7]。

忧来其如何?凄怆摧心肝[8]。

【注释】

1 瑶台:神仙所居之地。

2 "仙人"二句:传说月中有仙人和桂树,当月亮升起时,人们先看见仙人的两只脚,然后是仙人和桂树的全形。

3 白兔:传说月中有白兔捣药。

4 蟾蜍:俗称蛤蟆。传说月中有只蟾蜍,月蚀就是蟾蜍食月的结果。

5 乌:传说太阳中有三足乌,这里指代太阳。传说尧时天上出现十个太阳,把地上草木都晒焦了,后羿便射下了九个太阳。

6　阴精：指月亮。沦惑：沉沦迷惑。
7　去去：意谓快走开。
8　凄怆：一本作"恻怆"。

【解读】

　　《古朗月行》，乐府旧题。《乐府诗集》卷六十五收此诗，列入杂曲歌辞。鲍照《古朗月行》，写朗月"照我绮窗前"，窗中诸多佳人"当户弄清弦"、歌唱以"宣心"的情事。李白此诗当作于天宝后期，表达的是他对当时国事的忧虑。诗中首句至"问言与谁餐"，写诗人"小时不识月"对月亮产生的种种美丽的幻想。"呼作白玉盘"自是用生活中常见器物打比方，虽然说得形象，终是静态描绘。"又疑瑶台镜"云云，则从动态角度想象月之由来，不单写出月之形状、光亮，还赋予它以神奇色彩。"仙人垂两足"以下四句，均写月中所见，前写仙人之足和桂树，虽作形容，终不如以"问言与谁餐"的疑问语写月中白兔捣药景象，因为这一问不仅还原了人所共知的传说中的月亮故事，还显现出作为孩子的李白，在望月想象这一神话故事的天真。自"蟾蜍蚀圆影"至篇末，实为此诗题意所在。前面写少时望月所见产生的幻想，不过是为这几句诗写当下见月所思作衬笔。诗人观月，是以明月朗朗为最高审美标准的，故后八句写月残昏暗即感慨万千，以至浮想联翩，不胜其忧。前人多认为诗中向往明月朗朗，为月残而忧有政治寄托，陈沆就说"（此诗）忧禄山将叛时作。月，后象；日，君象。禄山之祸，兆于女宠。故言蟾蜍蚀月明，以喻宫闱之蛊惑。九乌无羿射，以见太阳之倾危。而究归诸阴精沦惑，则以明皇本英明之辟，若非沉溺色荒，何以安危乐亡而不悟耶！危急之际，忧愤之词。"（《诗比兴笺》）说诗人极言为蟾蜍蚀月、阴精沦惑引发的伤心摧肝之忧，表现了诗人对安禄山即将叛乱之时国事的深度忧虑，是对的。但不必将人事和诗中所取之"象"一一比附。要之，诗中蟾蜍蚀月、阴精沦惑、羿落九乌皆为比兴之词，诗人言此，意在渲染氛围、点示形势、表达愿望、抒发忧思，具体所指，读者自可联系当时国事而会其意。

玉阶怨

玉阶生白露,夜久侵罗袜。
却下水精帘[1],玲珑望秋月[2]。

【注释】

1 水精:水晶。
2 玲珑:清澈空明的样子。

【解读】

《玉阶怨》,乐府旧题。《乐府诗集》卷四十三收此诗,列入相和歌辞。南朝谢朓有《玉阶怨》,云:"夕殿下珠帘,流萤飞复息。长夜缝罗衣,思君此何极。"李白此诗即拟谢诗而成。二诗均写失宠妃嫔之怨,都能做到不言怨而怨自深。谢诗未直接写失宠妃嫔夜立殿外翘盼君王光临的细节,而以帘外"流萤飞复息"的凄凉、冷落景象,衬写帘内女子对君王的痛苦思念。描叙帘内思念之苦,则在写其"长夜缝罗衣"动作的同时,特意点明其"思君此何极"的心态,以见其长夜备受思君之苦的煎熬。如果说谢诗是将妃嫔之怨通过描叙其"思君"心态表现出来的,李诗写失宠妃嫔之怨,则全是通过写其"思君"举动完成的。前二句写白露生于玉阶,露水沾湿罗袜,可见她独立空庭甚久。这久立空庭,实则反映出她思君至极的心态。

本已失宠,但她却怀着侥幸心理,希冀再度得到君王的宠爱,于是一盼再盼,总不死心,直到夜已深沉,料想君王不可能回驾来顾,这才不情愿地回到宫内。"却下水精帘",放帘显然是失望的举动,但失望不等于绝望。大概在她放帘之时,不经意地看到了悬挂在天的圆月,明亮的月色一下子又把自己独立空庭的企盼之心、思念之苦、失望之痛以及种种难以言说的复杂情感发出来,使得她情思难禁,久久望着明月出神。前人称赞此诗"写怨意,不在表面,而在空际"(俞陛云《诗境浅说》),实则是写怨的举动而不明言其怨。如严羽说的:"上二句,行不得,住不得;下二句,坐不得,卧不得,赋怨之深,只二十字可当二千言。"(《李太白诗醇》)翼云则说:"从帘隙中望玲珑之月,则望幸之情犹未绝也,虽不说怨,而字字是怨。"(同上)

塞下曲六首（选二）

其 一

五月天山雪，无花只有寒。
笛中闻折柳[1]，春色未曾看。
晓战随金鼓[2]，宵眠抱玉鞍。
愿将腰下剑，直为斩楼兰[3]。

其 二

塞虏乘秋下，天兵出汉家。
将军分虎竹[4]，战士卧龙沙[5]。
边月随弓影，胡霜拂剑花。
玉关殊未入[6]，少妇莫长嗟。

【注释】

1　折柳：即《折杨柳》，古乐府曲调名。

2　金鼓：金属乐器，即钲。钲，其形似鼓，又名金鼓。

3　楼兰：汉代西域的一个国家，位于今新疆维吾尔自治区鄯善县东南一带。这里指楼兰国王。汉昭帝时,楼兰国王多次遮杀汉使,破坏通西域事,傅介子奉大将军霍光之命,用计杀楼兰国王安归,立尉屠耆为王,且改楼兰为鄯善。

4　虎竹:铜虎符、竹使符,调遣军队的符节凭证。

5　龙沙:指塞外沙漠。一说为龙沙堆,位于新疆天山南路,为绵延起伏的沙堆。

6　玉关:玉门关,位于今甘肃省敦煌西北。班超留西域久,年老思归,上疏曰:"臣不敢望到酒泉郡,但愿生入玉门关。"(《后汉书·班超传》)

【解读】

《塞下曲》,乐府旧题,曲为汉李延年造。《乐府诗集》卷九十二收《塞下曲》,列入新乐府辞。李白《塞下曲》原共六首,都是用汉代军旅生活为题材,反映唐代军旅生活的现实内容。此选其第一首和第五首。第一首前四句言塞下奇寒,五、六句言征战之苦,末二句"愿将腰下剑,直为斩楼兰",写将士不畏酷寒、艰难,立志歼灭敌人的决心。前人或以为此诗"前言塞下寒或如此,五、六言其苦更甚。两层逼出'直为斩楼兰',言外见庶不再来塞下受此苦也。意甚含蓄"(屈复《唐诗成法》辑评)。亦为一说。第二首写"天兵"在"塞虏乘秋下"即敌人犯边的情况下慨然出师,将士征战沙漠,艰苦备尝,令人同情。末二句忽然落到思妇身上,说将士虽然征战艰苦卓绝,但尚未进入玉门关,少妇不要长声叹息。出语深婉,耐人寻味。组诗格调高昂,气势超迈,诗人十分善于描写征战之苦和表现将士的无畏气概。前者如谓"晓战随金鼓,宵眠抱玉鞍",真所谓"字字出色","壮丽雄激","以激昂见意"。

清平调词三首

其 一

云想衣裳花想容,春风拂槛露华浓[1]。
若非群玉山头见[2],会向瑶台月下逢[3]。

其 二

一枝浓艳露凝香,云雨巫山枉断肠[4]。
借问汉宫谁得似,可怜飞燕倚新妆[5]。

其 三

名花倾国两相欢[6],长得君王带笑看。
解释春风无限恨[7],沉香亭北倚阑干[8]。

【注释】

1 槛:栏杆。一说为有格子的门窗。华:同"花"。
2 群玉:山名。《山海经·西山经》:"玉山,是西王母所居也。"郭璞注:"此山多玉石,故名。"

3　瑶台：用五色玉所砌之台，传说为西王母所居之宫。《太平御览》卷六百六十引《登真隐诀》云："昆仑瑶台，是西王母之宫，所谓西瑶上台。"

4　云雨巫山：指楚王与神女欢会事。宋玉《高唐赋》言楚王游于高唐，梦与一女子欢会，临别，女子自谓"妾在巫山之阳、高丘之岨。旦为朝云，暮为行雨。朝朝暮暮，阳台之下"。枉断肠：言神人欢会总为虚幻中事，徒自令人心痛神伤。枉，枉然、徒然。

5　可怜：可爱。飞燕：赵飞燕。初为阳阿公主家宫女，因貌美善歌舞，为汉成帝所爱，立为皇后。倚新妆：形容美女娇艳的姿态和神情。

6　名花：牡丹。倾国：能使一国（都城）之人为之倾倒的美女。此处指杨贵妃。李延年《佳人歌》："一顾倾人城，再顾倾人国。"

7　解释：消除。

8　沉香亭：用沉香木建造的亭子，在唐朝兴庆宫龙池东北角。阑干：即栏杆。

【解读】

《清平调》，唐大曲名，后用为词牌名。《太真外传》云："开元中，禁中重木芍药，即今牡丹也，得数本红、紫、浅红、通白者，上因移植于兴庆池东沉香亭前。会花方繁开，上乘照夜白，妃以步辇从。诏选梨园弟子中尤者，得乐一十六色。李龟年以歌擅一时之名，手捧檀板，

押众乐前,将欲歌之。上曰:'赏名花,对妃子,焉用旧乐词为?'遽命龟年持金花笺宣赐翰林学士李白,立进清平乐词三章。承旨犹若宿醒,因援笔赋之。龟年捧词进,上命梨园弟子略约词调,抚丝竹,遂促龟年以歌之。"三首词皆以明皇"赏名花、对妃子"为题材,"以绮丽、高华之笔为名花、妃子传神写照"(刘永济《唐人绝句精华》)。第一首花、人合写。前二句以花写人,虽以"春风"比喻明皇恩幸,仍落在花、人的绰约、芳艳和富有风韵上。后二句又以"群玉山头"、"瑶台"的仙灵和仙家所种芝、蕙为喻,以见人、花之娇贵。其中首句用二"想"字写贵妃之美,妙在化实为虚,得恍惚、朦胧之致。第二首如黄生《唐诗摘抄》所言:"首句承'花想容'来,言妃之美,惟花可比,彼巫山神女,徒成梦幻,岂非枉断肠乎!必求其似,惟汉宫飞燕,倚其新妆,或庶几耳。"第三首"总结,点明名花、妃子皆能长邀帝宠者,以能解释春风无限恨也"(刘永济《唐人绝句精华》),但仍从花、人合写入手。首句"只'两相欢'三字,直写出美人绝代风神,并写得花亦栩栩欲活,所谓诗中有魂"(李锳《诗法易简录》)。其中"解释春风"云云,承"长得君王带笑看"句,明皇极欢之际,本无恨可释,诗人着一"恨"字,耐人体味。末句"倚阑干"则承首句,写明皇"赏名花,对妃子"之事。前人对清平调词有两种看法,一认为其词措词微婉,虽赞美有加,但语中带刺,故高力士能摘词中所言飞燕之事激怒杨妃;一说此时(天宝二载)太真入宫已近十载,而李白作为新进之士不会"托之无益之空言而期君之一悟"(王琦《李太白全集》注)。组词乃应诏而作,即景即事运思,似无讥讽之意。

丁都护歌

云阳上征去[1]，两岸饶商贾。

吴牛喘月时[2]，拖船一何苦。

水浊不可饮，壶浆半成土。

一唱都护歌，心摧泪如雨。

万人凿盘石[3]，无由达江浒[4]。

君看石芒砀[5]，掩泪悲千古。

【注释】

1 云阳：旧县名，今江苏省丹阳市。上征：指船向运河北端前行。

2 吴牛喘月：江淮之地水牛怕热，看见月亮以为是太阳就气喘，形容酷热难当。

3 凿：凿开、开采。一本作"系"。盘石：即磐石、大石头。

4 江浒：江边。

5 芒砀：形容石头又大又多。一说指出产文石的芒山、砀山（位于今安徽省砀山县东南，二山相距八里），似与诗意不合。

【解读】

《丁都护歌》，一作《丁督护歌》，南朝乐府旧题，属清商曲吴声歌。现存歌词，多写戎马生活的艰辛和思妇的哀怨之情。李白此诗借曲调的哀切，写船工在炎热夏日"拖船"运石的痛苦。大抵官家在云阳一带采石于山，租船搬运，将石头由运河运到江岸，适逢天旱水枯，酷热难当，而期令峻急，船工不胜劳苦。诗人目睹其事，悯之怜之，而有此作。和许多以大言壮语直截了当倾泻牢骚、自鸣不平的诗作不一样，此诗表现诗人对船工劳苦的怜悯、同情，主要是用概述其事的写实手法完成的。但它的写实，并非客观、冷静地摹写事实，而是带有很重的感情色彩，或者说，诗人是以感慨嘘唏的语调叙说其事的。诗中叙事，除首二句概说船工"拖船"的大环境外，余皆直言拖船运石事。而直言拖船运石，又分两层叙写。自"吴牛喘月时"到"心摧泪如雨"六句为第一层，写的是船工拖船劳苦的场面，说酷热时拖船，说"壶浆半成土"，说唱《都护歌》，每说一事，都带出诗人对船工内心痛苦的体察。莫说"拖船一何苦"、"心摧泪如雨"，是寄同情于叙事中，就是"壶浆半成土"，也是叙事中兼含叹惋、怜悯之情。自"万人凿盘石"到"掩泪悲千古"为第二层。由于前面写船工劳苦较为充分，故这一层叙事简而以慨叹作结。其中"万人凿盘石，无由达江浒"二句，自承前写拖船之苦而来，但也点明万人开采石头之多，船工劳苦终非一时能了。就此而言，两句叙事是进一步写船工劳苦。另一方面，这两句也对篇末慨叹有自然引发的作用。"君看石芒砀，掩泪悲千古"意谓你看看那又大又多的盘石，想想船工拖船的艰辛，一定会掩面流泪，久久地为他们的不幸感到悲哀。显然，这正是全诗立意之所在。

静夜思

床前明月光[1],疑是地上霜。
举头望明月[2],低头思故乡。

【注释】

1 月光:一本作"看月光"。
2 明月:一本作"山月"。

【解读】

《静夜思》,李白仿照《子夜歌》自制的乐府诗题。诗写旅情乡思,出语真率、自然,未失《子夜》民歌本色。诗写诗人"因'疑'而'望',因'动'而'思',并无他念,真静夜思也"(徐增语)。除所写举止极合题意外,小诗的最大妙处是写乡愁之深而不详言何以生愁。所谓"虽说明却不说尽"(沈德潜语)。诗人着意写的是望月思乡的深切感受。而感受又通过几个动作传出。蒋仲舒即谓"举头、低头,写出踌躇、踯躅之态"(《唐诗广选》引)。俞陛云则谓"后二句,在举头、低头俄顷之间,顿生乡思。良以故乡之念,久蕴怀中,偶见床头明月,一触即发,正见其乡心之切。且举头、低头,联属用之,更见俯仰有致"(《诗境浅说续编》)。俞樾进一步说到诗中仅写望月感人之深而不言及如何相感的妙处,谓"床前明月光，初以为地上之霜耳，乃举头而见明月，则低头而思故乡矣。此以见月色之感人者深矣。盖欲言其感人之深而但言如何相感，则虽深仍浅矣。以无情言情则情出，从无意写意则意真。如此者可以言诗乎"(《湖楼笔谈》)。范德机则将言其感人之深而不明言如何相感，称为写得"含糊"，并谓"五言短古，不可明白说尽，含糊则有余味，如此篇也"(《李杜诗选》引)。范氏"含糊"义近含蓄，实指李诗抒发乡愁，仅言思乡之切而不尽言愁因何生和思乡的具体内容。正因其诗写感受之深而不明言"如何相感"，故古往今来的思乡者，都可将自己的思乡之愁注入诗中，借诵其诗以抒其情。

春　思

燕草如碧丝[1]，秦桑低绿枝[2]。
当君怀归日，是妾断肠时。
春风不相识，何事入罗帏[3]？

【注释】

1　燕草：燕地的春草。燕地，诗中指征夫所在地。
2　秦桑：秦地的桑树。秦地，诗中指思妇所居之处。
3　罗帏：丝织的床帐。

【解读】

此诗写思妇春日对征夫的思念。首二句为兴句，燕地春色较秦地出现得晚，故"燕草"、"秦桑"二句，一兴征夫思归，一兴思妇思夫，而能自然引出"当君怀归日，是妾断肠时"之句。内在含意是说，当燕草初萌，征夫欲归之日，思妇相思之愁也随秦桑初绿到绿枝低垂而愈积愈深，到了"断肠"之时。末二句以思妇口吻责问"春风"，前人或以为写思妇对征夫的忠贞，所谓"末句喻贞心之洁，非外物所能动。此诗可谓得《国风》不淫不悱之体矣"（萧士赟语）。"'不相识'言不识人意也，自有贞静之意"（《唐宋诗醇》引）。也有人认为是衬写之笔，吴敬夫谓"当两地怀思之日，而春风又至，能不悲乎！若以不为他物所摇,毁诋春风,真俗见矣"(《唐诗归折衷》引)。吴昌祺亦谓"以风之来反衬夫之不来,与'只恐多情月,旋来照妾床'同意"(《唐宋诗醇》引)。揣摩诗意,似乎后说更切诗题。又谢朓有《王孙游》,言"绿草蔓如丝,杂树红英发。无论君不归,君归芳已歇",李白《春思》前四句即拟谢诗,再加"春风不相识"二句,则较谢诗更多一种和缓之气、天然之趣。

子夜吴歌四首（选一）

长安一片月，万户捣衣声[1]。
秋风吹不尽，总是玉关情[2]。
何日平胡虏，良人罢远征[3]？

【注释】

1 捣衣：用木杵捣击布帛，使之平贴柔软，以备裁衣。
2 总是：都是、尽是。玉关情：指思妇怀念玉门关外戍边夫君的感情。
3 良人：古代妇女对丈夫的称呼。

【解读】

《子夜吴歌》，南朝民歌吴声歌曲之子夜歌，《乐府诗集》卷四十四将其列入清商曲辞。李白《子夜吴歌》有四首，分别为春歌、夏歌、秋歌、冬歌。秋、冬二歌皆写戍妇之苦。此为《秋歌》，前四句境界阔大，诗将长安城头月、万户捣衣声以及秋风、思妇之心打成一片，所写之景，无不景中有情。不但"万户捣衣声"、"秋风吹不尽"、"总是玉关情"，就是"长安一片月"亦含"孤栖忆远之情"（王夫之语）。末二句看似戍妇表达其平定胡虏，以罢良人之征的愿望，其实也是写诗人对征人饱受征战之苦、

戍妇时时挂念征人的同情，反映出他对于当时征战不断的态度。故李攀龙说诗人"不恨朝廷黩武，但言胡虏未平，深得风人之旨"（《唐诗直解》）。此诗前四句，一气浑成，自然明净，好似随口吟出，却又韵味深深。故王夫之说"前四语是天壤间生成好句，被太白拾得"（《唐诗评选》）。前四句实为一最妙绝句，前人即有删去末二句以成一绝句者。若论及寄意之深，则末二句绝不可删。

捣衣篇

闺里佳人年十余,颦蛾对影恨离居[1]。
忽逢江上春归燕,衔得云中尺素书[2]。
玉手开缄长叹息,狂夫犹戍交河北[3]。
万里交河水北流,愿为双鸟泛中洲[4]。
君边云拥青丝骑[5],妾处苔生红粉楼。
楼上春风日将歇,谁能揽镜看愁发。
晓吹员管随落花[6],夜捣戎衣向明月。
明月高高刻漏长[7],真珠帘箔掩兰堂。
横垂宝幄同心结[8],半拂琼筵苏合香[9]。
琼筵宝幄连枝锦[10],灯烛荧荧照孤寝。
有便凭将金剪刀,为君留下相思枕。
摘尽庭兰不见君,红巾拭泪生氤氲[11]。
明年若更征边塞,愿作阳台一段云[12]。

【注释】

1 颦蛾:蹙眉、锁眉。

2 尺素书:写在白绢上的书信。古人写书,多用绢,通常长一尺。

3 狂夫:这里指丈夫。交河:古地名。位于今新疆

吐鲁番市西北，处于两条小河交叉环抱的柳叶形小岛上。为唐代西域重镇。

4 双鸟：一本作"双燕"。中洲：水中陆地。

5 青丝骑：用青丝装饰的马。刘孝绰《淇上人戏荡子妇示行事诗》："不见青丝骑。徒劳红粉妆。"

6 员管：乐器名。员，一本作"筼"。

7 漏：漏壶，古人计时的工具。在水壶里放一支箭，上有刻度，随着水漏出，水平面逐渐下降，箭上露出的刻度显示出时间的变化。

8 同心结：用锦带打成的连环结，象征夫妻相爱，情同一心。诗中指横悬帐幔前上端中心的同心结（用帐幔两侧的带子编成）。

9 苏合香：香料名，由许多香料混合制成。据说从大秦（罗马帝国）和西域传入。

10 连枝锦：绣有连理枝图形的锦。

11 红巾：唐代富贵之家的佩巾都以胭脂染为红色，称为红巾。氤氲（yīn yūn）：烟雾弥漫状，这里指泪眼模糊。

12 阳台一段云：指巫山神女和楚王欢会之事。

【解读】

古代裁缝衣裳之前，先用杵春捣丝、麻织物，使之柔软，便于加工，称为捣衣。此诗题名《捣衣篇》，实际上写捣衣笔墨极少，只是袭用南朝诗歌写捣衣以抒发戍者之妻思愁的做法，写一少妇对戍边夫君的思念。这是一位年仅十余、平日就对"离居"抱无穷之恨的少妇，偶得夫君来信，知道他还戍守在遥远的交河之北，自然叹息不已，情不自禁地发出"愿为双鸟泛中洲"的奇想。可是面对现实，却是"君边云拥青丝骑，妾外苔生红粉楼"。提到自己空楼独居的寂寞、无奈，不由絮絮叨叨说起了"离居"而饱受相思之愁煎熬的苦况。诗中除开篇前六句如同叙事诗用第三人称叙说其事外，其余各句都以思妇口吻说出。其叙说的絮叨、所言事物的纷乱、跳跃和对思念之情的反复表白，都很符合年轻思妇的心理特征和思维习惯。此诗写思妇情感，有直接描述其愁者，如"楼上春风日将歇，谁能揽镜看愁发"；有以举动显露其愁者，如"晓吹员管随落花，夜捣戎衣红粉楼"，有两者兼用者，如"摘尽庭兰不见君，红巾拭泪生氤氲"。尤引人注目者，是诗中几次用思妇向夫君陈述愿望的形式直抒其情，如"万里交河水北流，愿为双鸟泛中洲"；"有使凭将金剪刀，为君留下相思枕"；"明年若更征边塞，愿作阳台一段云"，皆是。思妇所述愿望都极富浪漫色彩，由于它们与"实写"思妇相思之愁的"细节"描述结合在一起，不但能感动人，还能多添一份诗意美。胡应麟说："太白《捣衣篇》等，亦是初唐格调。"(《诗薮》)邢昉则谓"子安《捣衣》尚袭梁陈，此（指李白此诗）虽绮丽有余，而神骨自胜矣"(《唐风定》)。合观胡、邢所论，李白此诗实乃寓"神骨"于"绮丽"中，不单异于梁、陈之作，也不全同于初唐格调。

长相思二首（选一）

日色欲尽花含烟[1]，月明如素愁不眠[2]。赵瑟初停凤凰柱[3]，蜀琴欲奏鸳鸯弦。此曲有意无人传，愿随春风寄燕然[4]，忆君迢迢隔青天。昔时横波目[5]，今作流泪泉。不信妾肠断，归来看取明镜前。

【注释】

1 欲尽：一本作"已尽"。

2 如素：一本作"已素"。

3 凤凰柱：指刻瑟柱为凤凰形状。

4 燕然：燕然山，即蒙古人民共和国境内的杭爱山。

5 横波：形容眼神流动，如水闪波。傅毅《舞赋》："目流睇而横波。"李善注："横波，言目邪视如水之横流也。"

【解读】

《长相思》原为二首，此选第一首。此诗写闺中少妇对戍边夫君的相思之情。诗的前四句说女子夜深难以入眠，奏瑟奏琴以遣愁，本是古诗写愁常用的细节。阮籍《咏怀》（其一）即谓"夜中不能寐，起坐弹鸣琴"。不过阮诗言忧生之愁，含而未露。李白则有意明言，既取象征夫妻爱情和谐的"琴瑟"而分言之,又用瑟柱之"凤凰"形、琴弦之"鸳鸯"名,暗示女子之愁因相思而生。表明她所弹奏的,正是日日夜夜萦回其胸的相思曲。前四句以下言情诉怨,用的是思妇对"君"自述的口吻。中间"此曲有意无人传,愿随春风寄燕然,忆君迢迢隔青天"三句,意思层转层深,显出思妇愁苦不堪的心态。她多么想将心中的思恋传达给夫君,却只能寄希望于春风。将美好的愿望寄托于虚拟境界,本身就有些可悲,而当她念及"燕然"这一征途遥遥的边地时,虚拟的美好境界立即为无情的现实所代替:"忆君迢迢隔青天!"于是思恋、愁闷、哀怨、无奈并集于心。如此悲苦填胸,怎么了得!下面干脆用明白的话把心中之苦吐露无遗。开口即谓"昔日横波目,今成流泪泉",今昔对比鲜明,令人触目惊心。此二句无疑是说从前有过的欢乐早已消失,饱受相思煎熬之苦由来已久。"不信妾肠断,归来看取明镜前",则不但说到今日愁苦,还说到以后(直到夫君"归来"之时)的愁苦。而这些诉苦言愁之词,所表达的不就是她要托春风寄给夫君的曲中之"意"吗?所以,从抒情的连贯性而言,诗中"忆君迢迢隔青天"一句,既是思妇自述相思之苦的点睛之笔,又在隐言和明言之间起有过渡作用。至于"不信妾肠断"以下四句,反复申言自己为相思所苦,思维方式和所用语言皆极合思妇心理,颇有南朝情歌风味。

襄阳歌

落日欲没岘山西[1],倒着接䍦花下迷[2]。襄阳小儿齐拍手,拦街争唱白铜鞮[3]。傍人借问笑何事,笑杀山公醉似泥。鸬鹚杓[4],鹦鹉杯[5],百年三万六千日,一日须倾三百杯。遥看汉水鸭头绿,恰似葡萄初酦醅[6]。此江若变作春酒,垒曲便筑糟丘台[7]。千金骏马换少妾[8],笑坐雕鞍歌落梅[9]。车傍侧挂一壶酒,凤笙龙管行相催[10]。咸阳市中叹黄犬,何如月下倾金罍[11]。君不见晋朝羊公一片石[12],龟头剥落生莓苔[13]。泪亦不能为之堕,心亦不能为之哀[14]。清风朗月不用一钱买,玉山自倒非人推[15]。舒州杓[16],力士铛[17],李白与尔同死生。襄王云雨今安在[18],江水东流猿夜声。

【注释】

1 岘(xiàn)山:位于今湖北省襄樊市襄阳东南。

2 接䍦(lí):一种白色头巾。晋朝山简守襄阳,每到习池,就大醉而归。襄阳城有歌谣云:"山公何所去,

往至高阳池。日夕倒载归,酩酊无所知。时时能骑马,倒着白接䍦。"(《襄阳耆旧记》)

3 白铜鞮:南朝梁代曲调名,在齐末襄阳童谣"襄阳白铜蹄,反缚扬州儿"基础上改制。

4 鸬鹚杓(lú cí sháo):形如鸬鹚颈的长柄酒杓。鸬鹚,水鸟,俗名鱼鹰。

5 鹦鹉杯:用鹦鹉螺(旋尖处屈而朱,如鹦鹉嘴)制成的酒杯。

6 酦醅(pō pēi):重酿没有滤过的酒。

7 曲(qū):酒曲,酿酒用的发酵物。糟(zāo):古指未滤清的带滓的酒,后指酒渣。

8 骏马换少妾:《独异志》记载,魏国曹彰曾用小妾换取一匹骏马。

9 落梅:即《梅花落》,乐曲名。

10 凤笙:形制如凤的笙。龙管:形制如龙的箫和笛。

11 罍(léi):古代用来盛酒或水的一种容器,与壶相似。

12 羊公:羊祜,西晋名将,曾镇守襄阳。一片石:指"堕泪碑"。羊祜死后,后人为他在岘山立碑,望其碑者无不流泪,故名"堕泪碑"。

13 龟:指作碑座用的石雕动物赑屃(bì xì)。

14 为之哀:一本于此句下还有"谁能忧彼身后事,金凫银鸭葬死灰"两句。

15　玉山自倒：形容醉态。《世说新语·容止》说名士嵇康"其醉也，傀俄若玉山之将崩"。

16　舒州杓：舒州出产的杓。舒州，今安徽省潜山县一带，唐时以出产酒器著名。

17　力士铛（chéng）：产于唐代豫章（今江西省南昌市）。铛，三足的温酒器具。

18　襄王：战国时楚顷襄王。宋玉与他游于云梦之台，望高唐之观，向他讲述楚怀王梦中与神女欢会事，楚顷襄王"使玉赋高唐之事，其夜王寝，果梦与神女遇"（《神女赋序》），故有"襄王云雨"之说。

【解读】

《襄阳歌》，李白自作歌名。诗写诗人酣饮沉醉的意趣，既表现出诗人迷恋醉乡之乐的自得情怀，也反映出他认为仕途险恶，功业、声名不能长久存在，不如终生醉饮的思想。诗可分为两段。前六句为第一段，是以山简醉饮起兴。写山简醉饮，特选其傍晚醉归形态和为襄阳小儿所笑事着笔，出语平常，山简醉态却使人过目难忘。第二段分两层写诗人醉饮意趣。"鸬鹚杓"以下十二句为第一层，极写其百年痛饮的理想境界，这境界不但在于饮酒之多，还在于饮得浪漫、饮得飘逸、饮得风度翩翩。言饮酒之多，既作壮语"一日须倾三百杯"，又想象以汉水为酒池。所谓"遥看汉水鸭头绿，恰似葡萄初酦醅。此江若变作春酒，垒曲便筑槽丘台"。真是酒胆开张，意气豪荡，妙于形容。"千金骏马换小妾"四句所云,较刘伶荷锸出行自是另有一番风韵。"咸阳市中叹黄犬"以下十二句为第二层,说为何要以醉饮打发人生。其中特别写到羊祜堕泪碑的磨灭,使人"泪亦不能为之堕,心亦不能为之哀"。用功名富贵、声名的不能传之久远,说明"不如韬精沉饮之为乐"(沈德潜《唐诗别裁》)。言沉饮之乐,则有"清风朗月不用一钱买,玉山自倒非人推"这样的名句。诗用此句描写饮者生活情趣,衬写古人功业、声名、欢乐的灰飞烟灭,实能显出饮者李白的豪迈、洒脱。欧阳修即谓有此二句,"然后见太白之横放,所以惊动千古者,顾不在于此乎"(《王直方诗话》引)。又此诗前以山简醉饮事起兴,后以羊祜碑磨灭抒怀,无不切合本地风光,真是名副其实的《襄阳歌》。

江上吟

木兰之枻沙棠舟[1],玉箫金管坐两头。
美酒樽中置千斛[2],载妓随波任去留。
仙人有待乘黄鹤[3],海客无心随白鸥[4]。
屈平词赋悬日月[5],楚王台榭空山丘[6]。
兴酣落笔摇五岳,诗成笑傲凌沧州[7]。
功名富贵若长在,汉水亦应西北流[8]。

【注释】

1 木兰:树名,又名杜兰、林兰。皮似桂而香,状如楠树。枻(yì):船桨。一说船舵。沙棠:树名,状若棠梨,木材结实可以造船。

2 樽(zūn):盛酒器。斛(hú):古代一斛为十斗。

3 仙人乘黄鹤:这里用的是有关黄鹤楼的传说。黄鹤楼旧址位于今湖北武昌黄鹤矶上。传说仙人王子安乘黄鹤过此,故名黄鹤楼。又说仙人费文祎成仙,曾驾鹤在此歇息,故名。

4 海客:传说海边有一个人非常喜欢鸥鸟,每天清晨到海边,总有上百只鸥鸟积聚在他身边。后来他的父亲要他捉一只鸥鸟,他再到海边,鸟儿就不飞来了。事见《列子·黄帝》。

5　屈平：屈原。《史记·屈原贾生列传》："屈平之作《离骚》……虽与日月争光可也。"

6　台榭：积土高者为台，台上所盖之屋为榭。楚王台榭，著名者有楚灵王之章华台、楚庄王之钓台等。

7　沧州：泛指隐居处。

8　汉水：发源于今陕西，沿东南方向流至今湖北汉阳注入长江。

【解读】

《江上吟》，一作《江上游》。此诗当作于乾元二年(759)，时李白遇赦东归，正盘桓于江夏。诗名"江上吟"，只开篇四句写江上泛舟事，其余诗句都是因江上泛舟之乐，引发的人生慨叹之词。其慨叹所表明的人生价值取向，特别是对包括帝王事业在内的功名富贵的否定，和对诗赋不朽价值的肯定，显然与李白流放归来，经受政治打击的伤痕犹在，和对为功业奋斗颇为厌恶的心态有关。不然，他不会说得如此激动。大抵"仙人有待乘黄鹤"一联，是说求仙尚须等待黄鹤飞来，才能冲举于天，只要消除机诈之心即可狎物以得逍遥、自在之乐。"屈平词赋悬日月"一联，是以楚王事业的消亡衬写屈平词赋的不朽，说应该留心著述，作流传千秋之文。"兴酣落笔摇王岳"一联，则承上联而来，细说为文者写作中"兴酣落笔"能"摇五岳"的气势，和"诗成"之时豪气奔涌、"笑傲""沧州"的神态。至此，可见诗人对"词赋"之事的肯定，是拿它与求仙、帝王事业、归隐沧州比较之后所作的选择。而末联说"功名富贵若长在，汉水亦应西北流"，以必不可能之事说"（富贵功名）必无之理"（沈德潜《唐诗别裁》），除借言此衬写"词赋"之事为人生最佳选择之外，也是在情不自禁地抒发牢骚。诗的好处是抒怀言志，淋漓酣恣；即事兴叹，慨当以慷；气格雄健，出语豪放。不但"兴酣落笔"数句"雄健飘逸，有悬崖千仞之势"（《李太白诗醇》），就是末联以反笔作结，亦"殊为遒健"（《唐宋诗醇》）。

戏赠杜甫

饭颗山头逢杜甫[1],头戴笠子日卓午[2]。
借问别来太瘦生[3],总为从前作诗苦。

【注释】

1 饭颗山:其地不详。
2 卓午:正午。
3 别来:《唐摭言》作"因何"。生:唐宋流行的含有疑问语气的助词。欧阳修《六一诗话》云:"'太瘦生',唐人语也。至今犹以生为语助,如'作么生','何以生'之类。"

【解读】

对此诗的评议历来争议较多。唐人孟棨《本事诗》首次收录此诗,并确认是李白所作。后来《唐摭言》、《唐诗纪事》、《旧唐书》等均正式将其列为李白作品。孟棨以为李白是以此诗讥刺杜甫"拘束",唐人段成式在《酉阳杂俎》中也以为它是李白的"戏"作。《旧唐书·文苑传》则说:"天宝末诗人,甫与李白齐名,而白自负文格放达,讥甫龌龊,而有'饭颗山'之嘲诮。"宋以后,不断有人怀疑它是赝作,如洪迈认为"所谓'饭颗山'之嘲,好事者为之耳"(《容斋随笔》);仇兆鳌亦谓"李杜文章知己,心相推服,断无此语,且诗句庸俗,一望而知赝作也"(《杜诗详注》)等。对前人"讥刺"、"戏作"之说概不同意的,有郭沫若。他认为这是写得"亲切而认真的诗"。言其被解为"嘲诮"、"戏赠","未免冤枉了李白,也唐突了杜甫"。并解释说:"诗的后二句的一问一答,不是李白的独白,而是李杜两人的对话。再说详细一点,'别来太瘦生'是李白发问,'总为从前作诗苦'是杜甫的回答。这样很亲切的诗,全被专家们讲反了。"又说杜甫"在《暮登四安寺钟楼寄裴十迪》中有这样的一句:'知君苦思缘诗瘦'。这就是'借问别来太瘦生,总为从前作诗苦'的极周到的注脚。不仅'苦'字有了着落,连'瘦'字也有了来历"(《李白与杜甫》)。郭老的解说不无道理。其实,把诗的后二句理解成李白的"独白"或自问自答,也构不成对杜甫的"嘲诮"。一则杜甫作诗本来一贯苦费心思,自谓"为人性僻耽佳句,语不惊人死不休"(《江上值水如海势,聊短述》),言其"从前作诗苦",符合事实;二则如前引杜诗所说,杜甫自己也曾写诗说友人裴迪因"苦思"为"诗"而"瘦",而杜诗并非讥刺之作。仔细揣摩诗意,后二句若作诗人自问自答作解,似乎更能见出他对杜甫的关爱之心。说是李杜一问一答,后二句倒真有些致嘲、解嘲的意味。

翰林读书言怀呈集贤诸学士

晨趋紫禁中[1],夕待金门诏[2]。

观书散遗帙[3],探古穷至妙。

片言苟会心,掩卷忽而笑。

青蝇易相点[4],《白雪》难同调[5]。

本是疏散人,屡贻褊促诮[6]。

云天属清朗,林壑忆游眺。

或时清风来,闲倚栏下啸。

严光桐庐溪[7],谢客临海峤[8]。

功成谢人间[9],从此一投钓。

【注释】

1 紫禁:指王宫,古人以紫微星垣喻皇帝居处,因称皇宫为紫禁宫。

2 金门:金马门的省称,这里代指翰林院。

3 帙(zhì):卷册。

4 青蝇易相点:指青蝇遗粪,造成污点,比喻谗言伤人。陈子昂《宴胡楚真禁所》诗:"青蝇一相点,白璧遂成冤。"

5 《白雪》:曲名,又名《阳春白雪》,高雅曲调。宋玉《对楚王问》:"客有歌于郢中者……其为《阳春》、

《白雪》，国中属而和者不过数十人。"

6　褊（biǎn）促：器量狭隘。诮（qiào）：责备，谴责。

7　桐庐溪：指严光垂钓处。

8　谢客：即谢灵运。谢灵运小字客儿。临海：郡名。峤：山顶。

9　谢：辞别，告辞。

【解读】

翰林，指翰林院。翰林院为待诏之所。玄宗初置翰林待诏，以张说等人为之，掌四方表疏批答、应和文章，既而又选文学之士号翰林供奉，与集贤学士分掌制诏书敕。开元二十六年，改翰林供奉为学士，别置学士院，专掌内命。集贤，即集贤殿书院。开元十三年改丽正修书院为集贤殿书院，掌刊辑经籍事。五品以上为学士，六品以下为直学士，宰相一人为学士知院事。后又置侍讲学士、侍读直学士等。李白有近两年时间（742—744）供奉翰林，从诗意可知，此诗作于他受人逸毁之时，即天宝二年（743）秋天。李白在翰林院曾作《效古二首》以抒怀。其一从"朝入天苑中，谒帝蓬莱宫"写起，直写到"入门紫鸳鸯，金井双梧桐"，表达的是欢乐之情、得意之感。述行即谓"人马本无意，飞驰自豪雄"，记筵饮即云"清歌弦古曲，美酒沽新丰。快意且为乐，列筵坐群公"，抒怀则谓"早达胜晚遇，羞比垂钓翁"。其二有自我劝勉、好自为之之意，似对翰林院中群僚相互倾轧事有所警惕。终无去位之思。此诗不同，除写诗人屡受小人谗毁的愤懑之心外，还流露出归隐山林的念头。细品其诗，此诗虽然题为言怀，但与诗人众多向友人倾诉牢骚、情绪激昂的诗篇相比，风格有异。诗中有明白诉说小人谗毁自己的诗句，如云："青蝇易相点，白云难同调。本是疏散人，屡贻褊促诮。"但说得语气沉稳。使得此诗风格平和的，还有两点。一是"言怀"从说"读书"写来。诗中细写诗人在翰林院读古书以穷"至妙"之理的情景，所谓"观书散遗帙，探古穷至妙。片言苟会心，掩卷忽而笑"。把读书有得的神态写得惟妙惟肖，仿佛他写此诗是要向"集贤诸学士"专说读书之乐似的。其实，他说读书有得，实有引出其翰林生活体验的作用，"青蝇"云云，能说不是读书会心有得之论？抒发愤懑而如此引出，当然难作大声壮语。二是变抒愤为陈述心志。诗人在诗中说他本为疏散之人，经常想到山林生活的自由自在，只要功业有成，就立刻归隐。所谓"功成谢人间，从此一投钓"。这是向友人明志，也是在反击"褊促"者对他的讥诮、谗毁。由于采用对友人"言怀"的方式，诉说中虽然带有"白云难同调"的感慨，终未作直斥"褊促"者语。当然，诗风平和不等于诗人心中愤懑不深。从诗中"青蝇易相点"，可知诗人对小人谗毁将给自己招致罪尤是深怀忧惧之心的。"集贤诸学士"读其诗，当知其心境如何。

西岳云台歌送丹丘子

西岳峥嵘何壮哉[1],黄河如丝天际来。
黄河万里触山动,盘涡毂转秦地雷[2]。
荣光休气纷五彩[3],千年一清圣人在[4]。
巨灵咆哮擘两山[5],洪波喷流射东海。
三峰却立如欲摧[6],翠崖丹谷高掌开[7]。
白帝金精运元气[8],石作莲花云作台。
云台阁道连窈冥[9],中有不死丹丘生。
明星玉女备洒扫[10],麻姑搔背指爪轻[11]。
我皇手把天地户,丹丘谈天与天语。
九重出入生光辉[12],东求蓬莱复西归。
玉浆倘惠故人饮[13],骑二茅龙上天飞[14]。

【注释】

1 西岳:即华山,又称太华山,位于今陕西省华阴县。在华山顶望黄河,若一衣带水。峥嵘:高峻的样子。

2 涡(wō):回旋的水流。毂(gǔ):车轮中心插轴承辐的圆木。雷:指黄河水激流回旋发出的响声。

3 荣光:五色云气,古人认为是吉祥之兆。休气:瑞气。休,美。

4 千年一清:《太平御览》卷六十一引《拾遗记》云:"黄河千年一清,圣王之大瑞也。"黄河泥多水浊,故有此说。

5 巨灵:河神。擘(bò):分开,剖裂。传说河西的华山与河东的首阳山本为一体,河神巨灵掌劈脚踏,使之一分为二,使黄河从中流过。

6 三峰:即华山的莲花峰、落雁峰、朝阳峰。

7 高掌:华山东北有仙人掌,传说是巨灵劈山留下的痕迹。

8 白帝:西方之神。华山在西方,故为白帝所治。又西方五行属金,故云"白帝金精"。

9 阁道:栈道。

10 明星玉女:神话中的仙女。传说明星玉女居华山,服玉浆,白日升天成仙。

11 麻姑:仙女名。传说东汉桓帝时,神仙王方平降于蔡经家,召麻姑至,为一美丽女子,年可十八九岁,手指纤长似鸟爪,心中自念:"背大痒时,得此爪以爬背,当佳。"

12 九重:帝王所居之处。元丹丘在天宝初年由玉真公主举荐入京,曾任西京大昭成观威仪。

13 玉浆:玉精、琼浆。古人认为饮之能成仙。惠:惠赐。惠为敬辞。

14 骑二茅龙:《列仙传》记载,汉中关下卜师呼子先与酒家老妇,夜得仙人送来的两条茅狗,骑上乃知为龙。二人乘之上华阴山，常在山上高呼，言"子先、酒家母在此"。

【解读】

西岳云台，指华山东北之云台峰。其峰巇高，四面悬绝，崔嵬独秀，有若台形。丹丘子，指元丹丘。丹丘为李白老友，天宝初受道箓于胡紫阳。李白《冬夜于随州紫阳先生餐霞楼送烟子元演隐仙城山序》说："吾与霞子元丹、烟子元演气激道合，结神仙交。"此诗乃诗人在东蒙一带送丹丘西归华山而作。诗的前半写西岳云台由来，后半落在送别上，前后意脉连贯，均出以夸张、想象之词，创造出奇逸境界。前写云台由来，主要以河神巨灵劈开两山以通流的传说为素材，写景雄伟壮观，叙事气势惊人。写景如"黄河如丝天际来"一句，就写出了黄河生命蕴含的那样一种勇往直前的韧性精神，从一独特角度显示出它的气势美。而用它衬写"西岳峥嵘"之"壮"，西岳高峻雄壮的气势，自可想见。而像"黄河万里触山动，盘涡谷转秦地雷"，显现的仍是黄河左冲右撞，以求破除障碍、畅快流淌的奋进精神。叙事如"巨灵咆哮擘两山"四句，也是语壮气雄。中谓"洪波喷流"、"三峰却立"，如此描叙河流山退，无不显出巨灵的无边威力。诗写云台由来，已将云台与神话联系起来。故下写送别，仍用有关华山的仙家传闻，写道士元丹丘的华山生活。末二句"玉浆倘惠故人饮，骑二茅龙上天飞"，写诗人与之仙游的愿望，实以艳羡态度称美元丹丘的西归华山。至于在末二句之前插入"我皇手把天地户"四句，则是交代丹丘西归前的荣耀经历，亦为此类送别诗题中应有之义。前人称此诗健笔凌云，句句有仙气，最大的原因，显然是诗人巧妙利用神话素材描叙云台由来和丹丘仙家生活。

扶风豪士歌

洛阳三月飞胡沙[1]，洛阳城中人怨嗟。天津流水波赤血[2]，白骨相撑如乱麻。我亦东奔向吴国，浮云四塞道路赊[3]。东方日出啼早鸦，城门人开扫落花。梧桐杨柳拂金井，来醉扶风豪士家。扶风豪士天下奇，意气相倾山可移。作人不倚将军势[4]，饮酒岂顾尚书期[5]？雕盘绮食会众客[6]，吴歌赵舞香风吹[7]。原尝春陵六国时[8]，开心写意君所知。堂下各有三千士，明日报恩知是谁。抚长剑[9]，一扬眉，清水白石何离离[10]！脱吾帽，向君笑；饮君酒，为君吟。张良未逐赤松去[11]，桥边黄石知我心。

【注释】

1　飞胡沙：指洛阳被安禄山军队占领。

2　天津：桥名，位于洛阳西南洛水之上。

3　赊：距离远。

4　将军势：汉辛延年《羽林郎》诗云："昔有霍家奴，姓冯名子都。依倚将军势，调笑酒家胡。"

5　尚书期:《汉书·游侠传》记载,陈遵,字孟公,平陵(今西安市西南)人。性情豪放,嗜酒好客。每欲留客痛饮,则将大门紧闭,并将客人乘车的车辖(固定车轴两端的铁键)抽出投入井中。有次一位刺史被关在陈家,等陈遵醉了,去央求陈遵的母亲,说自己与尚书约好了时间,不能耽搁,于是陈母就让他从后门出去。

6　雕盘绮食:指精美的餐具和丰盛的食物。

7　吴歌赵舞:相传吴姬善舞,赵女能歌。

8　原、尝、春、陵:即战国四公子平原君、孟尝君、春申君、信陵君,他们各有食客数千人。

9　抚长剑:抚摸长剑,表达激昂情绪的动作。江晖《雨雪曲》:"恐君犹不信,抚剑一扬眉。"

10　离离:清晰、分明的样子。这里形容胸怀磊落。

11　张良:汉初重要谋臣。他在下邳(今属江苏)圯桥遇到黄石公,得到《太公兵法》。辅佐刘邦建立汉朝后,他才表示"愿弃人间事,欲从赤松子游耳"。事见《史记·留侯世家》。赤松:即赤松子,传说中的仙人。

【解读】

扶风郡即古岐州,唐时属关内道,治所故地在今陕西省凤翔县。"扶风豪士",当亦为避乱于东吴"而与太白衔杯酒结殷勤之欢"者(用萧士赟说)。诗中"我亦东奔向吴国",一作"我亦来奔溧溪上",其诗或作于溧阳,时在天宝十五载三月。诗写扶风豪士的义侠奇伟,和诗人的磊

落胸怀,隐然含有诗人避乱世而犹欲有所为的志意。诗的前六句写安禄山屠杀洛阳民众,白骨如麻,一片惨相,是交代诗人避乱江东的背景。从艺术手法上看,则与下面"东方日出啼早鸦"云云,所写太平景象形成对比。而在叙说东奔逃难时,忽出以"东方日出"二句,亦可谓奇宕入妙。"扶风豪士天下奇"以下六句,尽写豪士"意气"之"奇",而落笔在他的"作人"、"饮酒"、"会众客"上。"原尝春陵"四句,是用战国四公子待客下士而得到士人报答,来比附豪士的乐"会众客",自有颂扬之意。自"抚长剑"句至篇末,是诗人自道其志。其中"清水白石何离离",只是说自己志意的磊落、明洁,末二句则以张良自比而明言其心。除言志而袒露其胸怀外,末段还用诸如"抚长剑,一扬眉","脱吾帽,向君笑"一类的三字句,描叙其动作,显现其神态,使得诗人形象意气不俗。前人多称赞此诗"东方日出"以下转接得好,但也认为诗中有交代事由不清的缺点。王闿运即谓"避难时,忽睹太平景象,故有此咏。然吴国何以有扶风人?尚须提明"(《王闿运手批唐诗选》)。

梁园吟

我浮黄河去京阙,挂席欲进波连山。天长水阔厌远涉,访古始及平台间[1]。平台为客忧思多,对酒遂作梁园歌。却忆蓬池阮公咏[2],因吟渌水扬洪波。洪波浩荡迷旧国,路远西归安可得?人生达命岂暇愁?且饮美酒登高楼。平头奴子摇大扇[3],五月不热疑清秋。玉盘杨梅为君设,吴盐如花皎白雪。持盐把酒但饮之[4],莫学夷齐事高洁[5]。昔人豪贵信陵君[6],今人耕种信陵坟。荒城虚照碧山月,古木尽入苍梧云[7]。梁王宫阙今安在[8]?枚马先归不相待[9]。舞影歌声散渌池,空余汴水东流海[10]。沉吟此事泪满衣,黄金买醉未能归。连呼五白行六博[11],分曹赌酒酣驰晖[12]。歌且谣,意方远。东山高卧时起来,欲济苍生未应晚。

【注释】

1 平台:台名。春秋时宋平公所建,梁孝王曾将其扩建。

2　阮公咏：阮籍《咏怀诗》（其二十）云："徘徊蓬池上，还顾望大梁。渌水扬洪波，旷野莽茫茫。"

3　平头奴子：戴平头巾的奴仆。

4　持盐把酒：用北魏崔浩受盐、酒之赐的典故。《魏书·崔浩传》云："赐浩御缥醪酒十觚，水精戎盐一两，曰：朕味卿言，若此盐酒，故与卿同其旨也。"

5　夷齐：指伯夷、叔齐。

6　信陵君：即魏无忌，战国四公子之一，以窃符击秦救赵著名。

7　苍梧：即九嶷山。

8　梁王：指梁孝王。

9　枚：枚乘，汉初辞赋家。马：司马相如，西汉辞赋家。枚、马都在梁园做过梁孝王的宾客。

10　汴水：古水名。从荥阳经开封东入淮河，宋以后湮没。

11　五白、六博：古代两种赌博游戏。

12　分曹：犹言分队。驰晖：飞逝的时光。

【解读】

《梁园吟》，一作《梁苑醉酒歌》。梁园，又称梁苑或兔园，方圆三百里，故址位于今河南省开封市、商丘市之间，是我国出现最早、规模最大的私人园林，为西汉梁孝王刘武所建。刘武筑梁园招延四方宾客，天下名士毕至。枚乘、司马相如、邹阳、庄忌、公孙诡等均被延居园中。

梁园一带名胜古迹极多，商丘东北即有始建于春秋时代的平台，梁园内又有建于春秋时的古吹台。战国时代信陵君窃符救赵的故事发生在大梁，信陵君的墓就在南郊。又城东北有蓬池，正始诗人阮籍曾"徘徊蓬池上，还顾望大梁"（《咏怀》十六）。李白此诗写他在供奉翰林之前寻求功名未果时的心情，即借梁园相关人物、故事、古迹以言之。首四句交代离开京城，来到平台的缘由，叙说平实。自"平台为客忧思多"至"路远西归安可得"六句，言忧言愁，以引出当下处世态度。故下接"人生达命岂暇愁，且饮美酒登高楼"二句，即言以饮酒取代忧愁为最佳人生方式。"平头奴子摇大扇"以下六句则是恣意铺叙"且饮美酒"之乐，中谓"莫学夷齐事高洁"，不过是对以饮酒为最佳人生方式的再次强调。对"昔人豪贵信陵君"以下四句和"梁王宫阙今安在"以下四句的关系，王琦认为说信陵君是为衬写梁孝王，言"意谓以信陵之贤，名震一时，至今日而墓域且不克保，况梁孝王之贤不及信陵，其歌台舞榭又焉能保其常在乎？此文章衬托法，不是为信陵致慨，乃是为梁王释恨，并为自己解愁，以见不如及时行乐之为得也"（《李太白全集》注）。其实，诗中说信陵君、说梁孝王，"感吊苍茫，以见怀抱"（《唐宋诗举要》引吴北江语），都是自"为解愁"，是以二人生前"豪贵"，死后萧条证明功业、富贵不能永恒。意谓与其为功名"忧思"而愁不如及时行乐。故"沉吟此事泪满衣"以下四句，略为致慨即又落到细写行乐之事上。而"沉吟此

事"之"此事",自指信陵君、梁孝王生前死后遭遇而言。最后四句"歌且谣"云云,从诗歌结构上讲,是对前言"对酒遂作《梁园歌》"的承续;从诗歌内容上看,则是对前言及时行乐这一人生态度的补充。表明诗人虽然要用及时行乐来解不遇之愁,但"济苍生"的壮心并未泯灭,仍要效法谢安"东山高卧时起来",作一番事业。如果说前言及时行乐有些意兴衰飒,这四句却能显出李白慷慨自负的意态。

侠客行

赵客缦胡缨[1],吴钩霜雪明[2]。

银鞍照白马,飒沓如流星。

十步杀一人,千里不留行。

事了拂衣去,深藏身与名。

闲过信陵饮[3],脱剑膝前横。

将炙啖朱亥,持觞劝侯嬴[4]。

三杯吐然诺,五岳倒为轻。

眼花耳热后,意气素霓生。

救赵挥金槌[5],邯郸先震惊。

千秋二壮士,烜赫大梁城[6]。

纵死侠骨香,不惭世上英。

谁能书阁下,白首太玄经[7]。

【注释】

1 缦胡缨:一种用来系帽的粗简无纹理的带子。

2 吴钩:一种弯刀。

3 信陵:指信陵君。

4 朱亥、侯嬴:信陵君的两个门客,是"信陵君窃符救赵"故事中的重要人物。侯嬴为隐士,朱亥为屠户。

二人皆为侠义之士。

5　挥金槌：指朱亥用四十斤铁锥杀死魏国将军晋鄙之事。

6　烜赫：有威仪的样子。

7　太玄经：指西汉扬雄在天禄阁撰写《太玄经》事。

【解读】

《侠客行》，乐府旧题。《乐府诗集》卷六十七收此诗，列入杂曲歌辞。李白自称"十五好剑术，遍干诸侯"（《上韩荆州书》），"结发未识事，所交尽豪雄。……托身白刃里，杀人红尘中"（《赠从兄襄阳少府皓》）。前人或谓李白"少任侠，手刃数人"（魏颢《李翰林集序》）。或谓其"少任侠，不事产业"（刘全白《唐故翰林学士李君碣记》）。或谓其"少以侠自任，而门多长者车"（范传正《李公新墓碑》）。可见，李白年轻时是有过一段"任侠"经历的。应该说，他的"任侠"，是他景仰游侠、向往侠义精神的自觉行为。关于这一点，细读此诗就会明白。本来，李白在《行行且游猎篇》中就写过游侠之士，但那首诗的主旨在于末后两句："儒生不及游侠人，白首下帷复何益？"诗人实是借"游侠人"作"儒生"的陪衬，表达他对"儒生"不为社会所重的不平之心。所以诗中的游侠虽然武艺高强，精神世界却近乎苍白。此诗不同，它是把游侠作为英雄歌颂的。诗中不但从描写武士装束入手勾勒出侠士的英武之姿，还从动态角度写出侠士任侠的职业特点，所谓"十步杀一人，千里不留行。事了拂衣去，深藏身与名"。在写出其勇猛凶悍的同时，特以战国时魏国侠士朱亥、侯嬴助信陵君救赵故事为素材，以写侠士见义勇为之壮举，极言其重义守信的豪爽品格。所谓"三杯吐然诺，五岳倒为轻"。由衷地赞美他们"纵死侠骨香，不惭世上英"。诗人如此推崇其侠义精神，他说"谁能书阁下，白首《太玄经》"，就不是贬低侠士而抬高儒生，而是真心说自己要弃儒业而任侠了。此诗可谓用语如人，言语中充溢豪气、侠气，措词造句，颇能传出侠士神态、性情。如"闲过信陵饮，脱剑膝前横"，"眼花耳热后，意气素霓生"，就写人如生，叫人过目难忘。

宣城见杜鹃花

蜀国曾闻子规鸟[1],宣城还见杜鹃花。
一叫一回肠一断,三春三月忆三巴[2]。

【注释】

1 子规鸟:即杜鹃鸟。叫声凄凉,传说是蜀王杜宇死后所化。
2 三巴:指巴郡(位于今重庆市)、巴东(位于今奉节县东北)、巴西(位于今四川省阆中)。

【解读】

杜鹃花,又名映山红、山石榴。二三月杜鹃鸣叫时开花,其中,一种先长叶后开花,其花色红如火;一种先开花后长叶,其花色红略淡。此诗作于天宝十四载(755)三月,是诗人在宣城见到杜鹃花、不禁乡思涌动时的作品。作者诗兴的萌生,大概经过了这样一个过程:诗人客居宣城,在三月的某一天,偶然见到杜鹃花色丹如血,于是便由花名、花色想到家乡那啼叫时嘴角滴血的杜鹃鸟,想到杜鹃鸟另一个名字子规,想到它那"不如归去"的叫声。想到这些,平日深藏心底的思乡之愁便全引发出来了。于是就有了这首诗。此诗前二句系用地名、鸟名、花名构成对偶句,虽是叙事,都巧借空间的延伸和时间的延续，展现了诗人乡思涌动的过程。从诗意对应角度看，后二句中"一叫一回肠一断"实承"蜀国曾闻子规鸟"而来，分明写的是在"蜀国曾闻"时的感受；"三春三月忆三巴"则承"宣城还见杜鹃花"而来，写的自是在宣城的当下感受。诗中写当年闻子规啼叫的难受心情，不止是对往事记忆犹新，还意在借此表述诗人今日因见杜鹃花红、乡思难禁以至有"断肠"之痛的感受。故后二句虽在字面上分言两地情思，在意境创造上却能互补为一。本来首二句出语如同口语，后二句中每句又叠用三数字以为节奏，因而诗写得如谣如谚，不但读来上口，还使人觉得韵味无穷。

三五七言

秋风清,秋月明。落叶聚还散,寒鸦栖复惊[1]。相思相见知何日,此时此夜难为情[2]。

【注释】

1 寒鸦:乌鸦的一种。也称慈鸦、慈乌,形体比普通乌鸦小,叫声较尖。

2 难为情:难以情为,即对这种情境感到无可奈何。

【解读】

这是一首句式独特的杂言诗。两句三言,两句五言,两句七言,六句诗一韵到底。杨齐贤说"古无此体,自太白始"(王琦注《李太白全集》引),但也有人说"其体始郑世翼,白仿之"(胡震亨《李杜诗通》)。大抵李白作《三五七言》,是有意别创一种诗歌体制,这从他以全诗句式长短特征命名,就可看出。诗的风味则近于民歌中的情歌,但又明显具有文人情爱诗的品格。诗着力写的是胸怀相思之愁的男子或女子,在某一特定环境中无可奈何的心境。所谓"相思相见知何日?此时此夜难为情"。虽然展示的只是人物情思活动的一个片断,但由于环境气氛渲染得好,却使小诗韵味绵长,不因句式求变而有意近浅率、语求装缀之弊。诗中前四句全是写景,而且景中含情,层转层深。具体说,前二句还只是带出寒凉、凄清氛围,给人一种悲凉感。次二句所写物象,则给人一种零落感、不安宁感。聚聚散散,惊惊惴惴,物犹如此,人何以堪!故末二句直说思念恋人者"相思相见知何日,此时此夜难为情"。仔细想来,诗中首二句实写天空之景,次二句实写地上之景,末二句实写人间之情,诗中情景交融,实乃融天、地、人为一体。故诗中句式虽有意求变,但六句诗意象、情思却团合得紧,有天衣无缝之妙。

横江词六首（选二）

其 一

横江西望阻西秦[1]，汉水东连扬子津[2]。
白浪如山那可渡，狂风愁杀峭帆人[3]。

其 二

海神东过恶风回[4]，浪打天门石壁开[5]。
浙江八月何如此[6]，涛似连山喷雪来。

【注释】

1 西秦：指唐朝首都长安一带。

2 扬子津：渡口，位于今江苏省扬州市南，古时可由此南渡京口（即今镇江市），为江滨要津。

3 峭帆人：船夫。峭帆，耸立的船帆。

4 "海神"句：传说周武王梦见东海神女将西归，言行时必有大风雨。以后果有狂风暴雨。于是世传海神走后定有险恶的风浪。事见《博物志》。

5 天门：天门山，位于安徽省当涂县西南。

6　浙江：即钱塘江。

【解读】

横江，长江的一段，位于今安徽和县横江浦（北）与采石矶（南）之间。《横江词》，李白自拟乐府题名，类似乐府古题。全诗六首，此选其第三首和第四首。组诗乃比兴寄托之作，极言尽言横江险恶，表达的是诗人对仕途险恶、世情可畏的感慨。诗以横江之恶比喻仕途难行，有与《行路难》以山、河阻塞不通为喻相近者。组诗写横江险恶主要是写风浪之险。写风、写浪，尽作夸张、形容之语，虽用常言俗语而意兴盎然，诗中景象易睹而诗外之慨难尽。

金陵城西楼月下吟

金陵夜寂凉风发[1]，独上高楼望吴越[2]。
白云映水摇空城[3]，白露垂珠滴秋月。
月下沉吟久不归[4]，古来相接眼中稀[5]。
解道澄江净如练[6]，令人长忆谢玄晖。

【注释】

1　夜寂：一本作"夜静"。
2　高楼：一本作"西楼"。
3　空城：一本作"秋城"，又作"秋光"。
4　沉吟：一本作"长吟"。
5　相接：相互以心相接，指能产生共鸣的知音。
6　澄江净如练：出自谢朓所作《晚登三山还望京邑》诗。净，原文为"静"。

【解读】

金陵城西楼，当指金陵城西的孙楚酒楼。此诗写诗人独上高楼乘着月色眺望长江江水的感受。李白"一生低首谢宣城"（王士禛《论诗绝句》），天宝后期曾在宣城北楼"临风怀谢公"，称道其人胸怀"逸兴壮思"，赞美其诗"清发"可爱。也曾在金陵作诗，说"三山怀谢朓，水澹望长安"（《三山望金陵寄殷淑》），"我吟谢朓诗上语，朔风飒飒吹飞雨"(《酬殷明佐见赠五云裘歌》)。但最早对谢朓表达景仰之意、称美其诗的,是这一首诗。在诗中,李白是把谢朓当做古往今来的知音看待的。而且认为这种知音极为难得,所谓"古来相接眼中稀",可见他对谢朓评价之高。但评价之高,主要是从诗风着眼,故末二句说:"解道澄江净(当为'静')如练,令人长忆谢玄晖。"不过,诗人为表达他月下沉思的感受,却在构思、布景、措词诸方面未少费功夫。比如谢朓的名句"澄江净(静)如练"本来写在金陵,而其诗以"清新隽永"著称,故诗中前幅写景,有意从诗人登楼乘月"观吴越"写起,以突出"白云映水摇空城"的景象,和用"金陵夜寂凉风发"、"白露垂珠滴秋月"营造"清气袭人"的氛围,为后幅抒怀预作布置。又诗中措词,十分讲究章法。如为了充分表达诗人对谢朓的仰慕之意,不但以"长忆"宣示其心,还用"古来相接眼中稀"作衬托,而说"古来"云云,实接续"月下沉吟久不归"之后,见得诗人对谢朓的"长忆",实在是经过久久沉吟、思考,深感古往今来知音稀少所引发的情思导向。

白云歌送刘十六归山

楚山秦山皆白云,白云处处长随君。长随君,君入楚山里,云亦随君渡湘水。湘水上,女萝衣[1],白云堪卧君早归。

【注释】

1 女萝:即松萝,蔓生植物。《楚辞·九歌·山鬼》:"披薜荔兮带女萝。"

【解读】

刘十六,其人不详。此诗作于长安,时间当在天宝初年。刘十六南归楚山隐居,李白特作此诗为他送行。题为《白云歌》,诗中直接描绘白云的诗句极少。大抵诗人写白云,主要把它作为含有自己对刘十六离情别意的象征物看待,其表现手法和他说的"我寄愁心与明月,随君直到夜郎西"(《闻王昌龄左迁龙标,遥有此寄》)颇为相似。只是此诗是展开来说,所谓"白云处处长随君,长随君,君入楚山里,云亦随君渡湘水"。但到了末句"白云堪卧君早归",白云寓意(与"女萝衣"同指山林隐居使人逍遥自得的环境)又有了变化。虽然此诗并未从"咏物"角度描写白云,而且白云寓意不定,但诗中自始至终都不离白云。显然,白云卷舒自如,"随君"而行,和弥漫湘水之滨，对刘十六作为隐者的闲散、飘逸自有映衬作用。难得的是，诗中白云绵绵，触处可见，诗人言及白云却是吐语信心、信口，如转丸珠，真是"随手写去，自然流逸"（沈德潜《唐诗别裁》）。李白诗集中，有两首《白云歌》。另一首题作《白云歌送友人》。此诗中的"长随君，君入楚山里"，在另一首中仅为一句"君今还入楚山里"。显然此诗重复"长随君"三字，韵味更浓。又此诗后几句，另一首作"水上女萝衣白云，早卧早行君早起"，用语、用意皆无此诗之妙。因此，学者多认为另一首《白云歌》乃此诗"初本，未经改定者"（萧士赟语）。

秋浦歌十七首（选三）

其 一

秋浦长似秋[1]，萧条使人愁。
客愁不可度，行上东大楼[2]。
正西望长安，下见江水流。
寄言向江水，汝意忆侬不[3]？
遥传一掬泪，为我达扬州[4]。

其 二

秋浦猿夜愁，黄山堪白头[5]。
青溪非陇水[6]，翻作断肠流[7]。
欲去不得去，薄游成久游[8]。
何年是归日？雨泪下孤舟[9]。

其 三

白发三千丈,缘愁似个长[10]。
不知明镜里,何处得秋霜[11]。

【注释】

1 秋浦:唐代县名,即今安徽池州(贵池),因秋浦水得名。《贵池县志》记载,秋浦水长八十余里,阔三十里。

2 大楼:指大楼山,位于今池州市桃坡乡。

3 侬:我,吴语。不:通"否"。

4 扬州:扬州为当时南北水路交汇处,"达扬州"实际是指达长安。胡震亨《李诗通》:"白时从金陵客宣城,故不能忘情于扬州,然其意实在长安也。"

5 黄山:黄山位于池州市南九十里。堪白头:指夜闻黄山猿鸣使人不堪其愁,以至白头。

6 陇水:北朝民歌《陇头歌辞》:"陇头流水,鸣声幽咽。遥望秦川,心肝断绝。"

7 翻:同"反"。

8 薄游:短暂之游。

9 雨泪:下泪。

10 缘:因为。个:这般。

11 秋霜:比喻白发。

【解读】

秋浦河发源于今安徽省祁门县，经石台县流入贵池注入长江。河因"溪流澄碧长秋"而得秋浦之名。秋浦河流域风光优美，名胜古迹亦多，李白曾多次来到秋浦漫游，作诗多达四十余首。《秋浦歌》十七首为其代表作，写于天宝十三年（754），离李白自翰林放归已近十年。这里选的是《秋浦歌》组诗中的第一、第二和第十五首。其一写诗人秋日漫游秋浦之愁，可以说是对《秋浦歌》组诗所有言愁诗（共有七首，如其四言"两鬓入秋浦，一朝飒已衰"，其六言"愁作秋浦客，强看秋浦花"等）的点题之作。前二句虽然明说"秋浦长似秋，萧条使人愁"，但诗人秋日生愁的真正原因，却表现在他借以遣愁的举动中。具体说，欲知诗人愁因，当从"客愁不可度"以下八句诗中探索。这八句诗写诗人"行上""大楼"，"西望长安"，"寄言""江水"，表现的是他对长安的无尽思念。由此可见，眷念长安，欲归不得，才是诗人秋日漫游秋浦频生愁绪的根本原因。和"客自长安来，还归长安去。狂风吹我心，西挂咸阳树"（《金乡送韦八之西京》）表现形式相似，此诗"正西望长安，下见江水流。……遥传一掬泪，为我达扬州"，都是托有形之物以寄情思，咸阳、扬州皆指长安，只是前者出语洒脱，后者出语凄怆。其二仍是极言其愁。首二句说黄山猿鸣惹人生愁，次二句说清溪水流声惹人生愁，后四句中"薄游成久游"，"何年是归日"二句才点明猿鸣、水声所引发的是他的思归之愁。如果将他的思归和其一所说"正西望长安"联系起来,我们当会对他"雨泪下孤舟"那样的情不自禁,有更深的理解。其十五也是写愁,愁之内蕴当与其一所言之愁相通。此诗写愁,特点突出。起句即以"白发三千丈"的巨大形象耸人听闻,来得突兀。然后补说"缘愁似个长",使人明白其愁之多之深。后二句故作一问,再将诗意转入新的境地。所谓"不知明镜里,何处得秋霜",实际上是说其愁由来已久,连自己也弄不清是从哪一天开始的。问话中流露出诗人对自己平生久久为愁所苦的慨叹。细读此诗,可知诗人因照镜而见白发,顿生感慨之心。但写诗却用"倒装法",起得突然,且诗意一再转折,故虽言愁而"格力极健"(《唐宋诗醇》评语)。

当涂赵炎少府粉图山水歌

峨眉高出西极天[1]，罗浮直与南溟连[2]。
名公绎思挥彩笔[3]，驱山走海置眼前。
满堂空翠如可扫，赤城霞气苍梧烟。
洞庭潇湘意渺绵[4]，三江七泽情洄沿[5]。
惊涛汹涌向何处，孤舟一去迷归年。
征帆不动亦不旋，飘如随风落天边。
心摇目断兴难尽，几时可到三山巅[6]？
西峰峥嵘喷流泉，横石蹙水波潺湲[7]。
东崖合沓蔽轻雾[8]，深林杂树空芊绵[9]。
此中冥昧失昼夜，隐几寂听无鸣蝉。
长松之下列羽客[10]，对坐不语南昌仙[11]。
南昌仙人赵夫子，妙年历落青云士。
讼庭无事罗众宾，杳然如在丹青里。
五色粉图安足珍，真仙可以全吾身。
若待功成拂衣去，武陵桃花笑杀人。

【注释】

1 峨眉：山名，位于今四川省峨眉山市西南。山有三峰，称为大峨、中峨和小峨。西极：西方尽头。

2 罗浮：山名。位于今广东省东江北岸。罗浮山有四百余峰，分为罗山、浮山两大山区。传说浮山为蓬莱一阜，由海上浮来，与罗山同体。南溟：南海。

3 绎思：构思。绎，抽丝。

4 渺绵：渺茫遥远之状。

5 三江七泽：泛指江河湖泽。洄沿：水流回旋荡漾之状。逆流而上曰洄，顺流而下曰沿。

6 三山：指海上三座仙山。

7 蹙：迫促。潺湲（chán yuán）：流水声。

8 合沓：重叠，攒聚。

9 芊绵：草木茂盛的样子。

10 羽客：指道士。

11 南昌仙：指梅福。梅福，西汉九江人，初为南昌尉，后弃官归乡。王莽专权时，弃妻子外出，传说他得道成了仙人。

【解读】

当涂，县名，今属安徽省马鞍山市。赵炎为当涂县尉，李白尝谓其"仙尉赵家玉，英风凌四豪"（《送当涂赵少府赴长芦》），余不详。粉图，绘于粉壁上的图画（壁画）。李白《同族弟金城尉叔卿烛照山水壁画歌》即云："高堂粉壁图蓬瀛，烛前一见沧州清。"此诗写诗人观赏赵县尉山水壁画的感受，写画中山，画中水，画中人，又由

画中人写到壁画主人，无一不带有鉴赏其画、品评其人的特点。诗人的高明处，在于赏画能敏锐地捕捉住它的艺术精神，并由此出发对赵县尉的处世态度即兴作论。诗人笔下的粉图山水是十分生动的，但他写山写水不是用图貌写形的临摹方法，而是用观画时产生的联想，来传写其势态、气韵。既然观画"心摇目断兴难尽"，自然想象丰富，佳句络绎。如写山景，即用峨眉高耸西天、罗浮绵延与南海相连，和赤城的霞气、苍梧山的烟来作比喻。写水景，除用洞庭湖、潇湘二水的渺绵、三江七泽的洄沿之状形容水势外，还特别写到惊涛汹涌中的一叶孤舟，想象它何时能飘到海上仙山。又如写人，固然有对所处环境"西峰"、"东崖"景象的描写，而"此中冥昧失昼夜，隐几寂听无鸣蝉。长松之下列羽客，对坐不语南昌仙"，数句写山中冥昧、寂静和人物神态，分明也是在写诗人赏画时的审美感受。需要指明的是，这写画中人的诗句，实对昭示粉图山水以"真仙"生活为人生最高境界的艺术精神，有点睛作用。有此数句，读者方知前写山、水的灵魂所在，作者也才能自然引出对粉图主人的品评。品评虽然多为赞美之词，但关键词却是"五色粉图何足珍，真仙可以全吾身。若待功成拂衣去，武陵桃花笑杀人"四句。诗人实以观画领悟的人生艺术精神，对赵炎功成身退的人生方式作了善意的否定。联系诗人强烈表达用世之心和礼赞谢安"暂因苍生起"的诗篇，这种否定，实际上反映出李白在安史之乱以前有意退隐山林的心态。严羽说篇末四句，"是达胸情。始知作诗贵本色,不贵着色"(《李太白诗集》),可谓的当之论。

峨眉山月歌送蜀僧晏入中京

我在巴东三峡时[1]，西看明月忆峨眉。
月出峨眉照沧海，与人万里长相随。
黄鹤楼前月华白[2]，此中忽见峨眉客。
峨眉山月还送君，风吹西到长安陌。
长安大道横九天，峨眉山月照秦川[3]。
黄金狮子乘高座[4]，白玉麈尾谈重玄[5]。
我似浮云滞吴越，君逢圣主游丹阙[6]。
一振高名满帝都，归时还弄峨眉月。

【注释】

1　巴东：唐武德二年（619），分夔州秭归、巴东二县置归州，天宝元年（742）改归州为巴东郡。

2　黄鹤楼：故址在今湖北省武汉市蛇山黄鹤矶头。相传始建于三国吴黄武二年（223），历代屡毁屡建。月华：月光、月色。

3　秦川：古地名，泛指今陕西、甘肃秦岭以北平原地带。

4　狮子座：佛所坐之处。《大智度论》卷七："佛为人中狮子，佛所坐处，若床若地，皆比狮子座。"《法苑珠林》记载，龟兹王曾为鸠摩罗什塑造金狮子座，请他在上面讲经说法。

5　麈(zhǔ)尾：古时驱虫、掸尘的一种工具。古人清谈时必执麈尾，相沿成习，为名流雅器。不谈时，也常执在手。重玄：指老庄哲学，因《老子》中有"玄之又玄"语。

6　丹阙：赤色宫阙，指皇帝所居宫廷。

【解读】

此诗作于乾元二年（759），诗人当时遇赦归来，正在江夏一带。因为送别对象释晏为蜀地僧人，故诗人以主客皆熟之峨眉山月为题材，作歌送他入京。从诗可以看出，诗人对蜀僧入京讲经有颂扬意，对他有可能步入丹阙、名振京都有祝福意，而对自己遇赦后滞留吴越有沮丧感。诗的写法是将对峨眉山月的歌咏和对蜀僧入京的良好祝愿巧妙地融合在一起，从诗人在三峡"西看明月忆峨眉"，写到"黄鹤楼前月华白，此中忽见峨眉客"，写到"峨眉山月照秦川"，直到"归时还弄峨眉月"。既是送别诗，自然会因送客而及主人，写到"我"与"君"，比较而言，又以写"君"为主。关于诗中如何借歌吟峨眉山月以道送别之情，严羽有一段评语说得详细。他说："是歌当识其主伴变幻之法。题立'峨眉'作主，而以'巴东三峡'、'沧海'、'黄鹤楼'、'长安陌'、'秦川'、'吴越'伴之，'帝都'又是主中主。题用'月'作主，而以'风'、'云'作伴，'我'与'君'又是主中主。回环散见，映

带生辉,真有月映千江之妙,非拟议所能学。"(严羽评点《李太白诗集》)

清溪行

清溪清我心,水色异诸水。
借问新安江[1],见底何如此。
人行明镜中,鸟度屏风里[2]。
向晚猩猩啼,空悲远游子。

【注释】

1 新安江:源出今安徽省率山,东流经休宁、歙县入浙江省建德市,合兰溪水东北流入浙江。
2 屏风:诗中以屏风比喻山峰重叠之状。

【解读】

《清溪行》一作《宣州清溪》。清溪位于今安徽省池州城北,溪行山间,水清见底。天宝十三载(734),李白前往秋浦,途经清溪而有是作。诗写他行经清溪的感受,一是为它的水色之清而着迷,一是因傍晚听见猩猩啼叫而生旅愁。说后者,仅以"空悲"二字道尽无奈之感;说前者,则见于对水色清澈的再三强调。即一说清溪之水能使"我"心清,用"我"的心灵感受来突出清溪水色之清大不同于其他水流。二即承上句"异诸水"而来,借以清澈见底著称的新安江作比较,衬写清溪的清澈见底。三即用人行溪岸的观感描写水色的明净如镜。所谓"人行明镜

中,鸟度屏风里",是诗人循溪流而行,一路见到行人(包括诗人自己在内)、山峦映现在水中的倒影所写出的妙句。"鸟度屏风里",是说鸟儿飞翔在连绵重叠如同屏风的山峰间。显然,这一景象也会倒映在清溪中。说到"人行明镜中"措词之妙,人们常想起沈佺期的名句"人疑(或作'船如')天上坐,鱼似镜中悬"(《钓竿篇》),和传为王羲之的名句"山阴路上行,如在镜中游"(《镜湖》)。沈、王二人诗句都是以镜为喻,而且都能写出潭水、湖水的明亮如镜和诗人亲临其境的愉悦之感。李白写清溪水明景美和为之着迷的感受,也是以镜为喻。不过他不用"疑"、"似"、"如"一类不能确指事物本质属性的字眼,而是直说人行明镜之中。且用写实性极强、给读者以飞动感的"鸟度屏风里"加以衬托,这样就更能显出"人行明镜里"的真实性,也更能写出诗人为清溪水色所迷的感受。

赠孟浩然

吾爱孟夫子,风流天下闻。

红颜弃轩冕[1],白首卧松云[2]。

醉月频中圣[3],迷花不事君[4]。

高山安可仰[5],徒此揖清芬[6]。

【注释】

1 红颜:红润的颜色,指年轻时。轩冕:古时大夫以上官员的车乘和冕服,这里指官位爵禄。

2 卧松云:指隐居。松云,松林、云霞,借指山林。

3 醉月:对月醉饮。中圣:酒醉的隐语。

4 迷花:迷恋花草,指热爱自然、过隐居生活。

5 安可仰:意谓难以仰望得到,即特别令人景仰。《诗经·小雅·车舝》有云:"高山仰止,景行行止。"

6 揖(yī):作揖,表示推崇之至。清芬:指高洁的德行。

【解读】

孟浩然(689—740)是李白的老友。此诗作于两人在襄阳会晤时,当时孟浩然已到暮年。李白在诗中表达自己对孟浩然的喜爱、景仰之意,所说"爱"者、"仰"者,实为孟氏之志行美、人格美、风度美、情趣美。显然,蕴

含在孟氏人生境界之中的，是一种以自重、自得、自由为核心内容的人生艺术精神。李白欣赏这一点、仰慕这一点，正反映出其人生取向和孟浩然契合的一面。应该说，此诗从自少及老不改隐者初衷的角度称美孟氏飘逸、洒脱，自得其乐的生活情趣，抓住了他为人的本质特点。故严羽称"矫然不变，三四十字尽一生"（《李太白诗醇》引）。诗将孟氏形象写得超尘脱俗，令人景仰，与诗人用夸张语句写他"爱"、"仰"其人的感受有关。首联"风流天下闻"，即大张其势；尾联"高山安可仰"，又在略述行状后宕开一笔，夸张、形容其仰不可及。几度从虚拟处着笔，把孟浩然写得越来越光彩照人。古代作家撰写赠诗、送序，若对方为擅长诗文者，常有意学其诗风、文风。《赠孟浩然》即有意学孟诗的"一气舒卷"，而不改李诗本色。所谓"其质健豪迈，自是太白手段，孟不能及"（《唐宋诗举要》引吴汝纶语）。此诗也有为前人诟病者，主要是颔联既云"红颜弃轩冕"，颈联又云"迷花不事君"，"两联意颇相似"。谢榛就批评说："（此乃）兴到而成，失于检点。意重一联，其势使然；两联意重，法不可从。"（《四溟诗话》卷三）

书情赠蔡舍人雄

尝高谢太傅[1],携妓东山门。
楚舞醉碧云,吴歌断清猿。
暂因苍生起,谈笑安黎元。
余亦爱此人,丹霄冀飞翻[2]。
遭逢圣明主,敢进兴亡言。
白璧竟何辜?青蝇遂成冤[3]。
一朝去京国,十载客梁园[4]。
猛犬吠九关[5],杀人愤精魂。
皇穹雪冤枉,白日开昏氛。
泰阶得夔龙[6],桃李满中原。
倒海索明月,凌山采芳荪[7]。
愧无横草功,虚负雨露恩。
迹谢云台阁[8],心随天马辕[9]。
夫子王佐才,而今复谁论。
层飙振六翮[10],不日思腾骞[11]。
我纵五湖棹[12],烟涛恣崩奔。
梦钓子陵湍[13],英风缅犹存。
徒希客星隐[14],弱植不足援。

千里一回首,万里一长歌。
黄鹤不复来,清风愁奈何。
舟浮潇湘月,山倒洞庭波。
投汨笑古人[15],临濠得天和[16]。
闲时田亩中,搔背牧鸡鹅。
别离解相访,应在武陵多[17]。

【注释】

1 尝高谢太傅:一本作"尝闻谢安石"。谢太傅,谢安,死后赠太傅。他曾隐居东山,游赏必携妓女相从。

2 丹霄:天空。

3 青蝇:苍蝇。诗中指青蝇污白为黑,比喻小人进谗言。

4 京国:指长安。梁园:位于今河南省开封、商丘一带。

5 猛犬:比喻把持政权的权奸。九关:九重门。古宫室制度,天子设九门。

6 泰阶:古星座名。即三台。上台、中台、下台共六星,两两并排而斜上,如阶梯。这里借指朝廷。夔、龙:舜的两位贤臣。夔为乐官,龙为谏官,后用以喻指辅弼良臣。

7 荪(sūn):一名"荃",香草名,诗中比喻人才。

8 云台阁:东汉宫殿名。明帝时,南宫云台四壁绘有中兴二十八将图像。

9　天马：指皇帝所乘之马。

10　层飙：高风。六翮：鸟类双翅中的正羽，指鸟的两翼。

11　腾骞：振翼腾飞，诗中指官职迁升。

12　五湖棹：范蠡辅佐勾践破吴后，弃官泛舟于五湖。

13　子陵湍：指严光垂钓之富春江。湍，急流。

14　客星隐：严光去见光武帝刘秀，晚上与之同榻，把脚搁在刘秀肚子上。第二天太史上奏说："客星犯御座甚急。"

15　投汨（mì）：指屈原自沉汨罗江事。

16　临濠：庄子和惠子曾在濠梁上探讨鱼儿是否快乐的问题。见《庄子·秋水》。天和：天然和气，一说指元气。

17　武陵：郡名，治所位于今湖南省常德市，陶渊明《桃花源记》谓"武陵人捕鱼为业"云云，故以武陵指世外桃源所在地。

【解读】

舍人，唐代中书省、东宫官属太子右春坊皆设有舍人一职，蔡雄任何处舍人，不详。此诗是诗人在梁园写给蔡雄的留别诗，当作于天宝十二载（753）。诗人以谈心的方式在诗中向蔡雄诉说十来年的心情，谈得最多的是对翰林放归一事的感慨，和对归隐之心的表白。说前者，涉及两层意思。一是放归实因佞臣谗毁所致。诗人说他仰慕谢安的处世态度，有意隐居，却会"暂因苍生起，谈笑安黎元"。正因如此，故其"遭逢圣明主，敢进兴亡言"。谁知会遇到权幸之臣的谗毁。"白璧竟何辜？青蝇遂成冤"，两句诗包含多少愤怒和不平！可见他对蒙冤放归耿耿于怀。二是放归之后，虽然"皇穹雪冤枉，白日开昏氛"，朝廷起用贤才甚多，自己却仍然流落江湖。"愧无横草功，虚负雨露恩"，虽为谦辞，却内含怨气。至于"迹谢云台阁，心随天马辕"，说身在江湖心存魏阙，更显出他不能入朝为臣的无奈。说后者，虽于蔡雄才干和前途称美有加，却是为了衬写诗人的隐而不能仕。故诗中虽然把浪游江湖、归隐田园说得极富天然情趣，所谓"舟浮潇湘月，山倒洞庭波。投汨笑古人，临濠得天和。闲时田亩中，搔背牧鸡鹅"，但隐含其中的，是一种不得已的意绪。这只要读读"千里一回首，万里一长歌。黄鹤不复来，清风愁奈何"，这样因找不到用世机遇而愁苦、失望的诗句，就会感觉得到。

流夜郎赠辛判官

昔在长安醉花柳[1],五侯七贵同杯酒[2]。
气岸遥凌豪士前[3],风流肯落他人后[4]!
夫子红颜我少年,章台走马著金鞭[5]。
文章献纳麒麟殿[6],歌舞淹留玳瑁筵[7]。
与君自谓长如此,宁知草动风尘起。
函谷忽惊胡马来,秦宫桃李向明开。
我愁远谪夜郎去,何日金鸡放赦回[8]。

【注释】

1 花柳:指游乐之地。

2 五侯七贵:泛指权贵。

3 气岸:气色傲然。

4 肯:岂肯。

5 章台:指位于长安章台下的章台街。

6 麒麟殿:汉代宫殿名,在长安未央宫中,为皇帝藏书所在。诗中借指唐代宫殿。

7 淹留:逗留。玳瑁(dài mào)筵:即华宴,盛美的宴席。

8 金鸡放赦:指大赦。唐代凡国有赦宥之事,先将囚徒集中在阙下,命卫尉树金鸡(竿长七丈,鸡高四尺,

黄金饰首），宣读制诰之后，再释放囚徒。

【解读】

此诗作于乾元六年（758），时诗人正在流放夜郎途中。辛判官，当为李白供奉翰林时的朋友。诗人在流放之初遇见故人辛判官，心情之复杂，可以想见。大概这位辛判官在与诗人对饮时，说过一些安慰对方的话，故诗人作此诗向他诉说心事。诗开篇就写从前自己在长安醉赏花柳、交接王侯的经历，回忆当年的狂傲不羁和风流倜傥。因是赠诗，故忆昔又把辛判官拉进来，而说"夫子红颜我少年"云云，把二人走马章台、献策朝廷、淹留盛宴说得意气洋洋。这样写自然是为了衬托诗人今日长流夜郎之可悲。故诗中忆昔之后，就慨叹不已地说："与君自谓长如此，宁知草动风尘起，函谷忽惊胡马来。"转入对当下心思的倾诉。前人说此诗"中间转捩处甚健"（《唐宋诗醇》），即指此处而言。说诗中转得强健有力，是诗人言己之愁能从国家政治形势剧变说起，不拘于对一己行为之申辩。至于"春宫桃李向明开"，是用阳光下桃李花开，比喻同辈之人在平乱中得到朝廷任用。他们的得意，自与下言"我愁远谪夜郎去"云云，构成鲜明对比。故诗中言此，实对诗人所言之愁有衬托作用。

江夏赠韦南陵冰

胡骄马惊沙尘起,胡雏饮马天津水[1]。君为张掖近酒泉[2],我窜三巴九千里[3]。天地再新法令宽[4],夜郎迁客带霜寒[5]。西忆故人不可见,东风吹梦到长安。宁期此地忽相遇,惊喜茫如堕烟雾。玉箫金管喧四筵,苦心不得申长句[6]。昨日绣衣倾绿樽[7],病如桃李竟何言[8]。昔骑天子大宛马[9],今乘款段诸侯门[10]。赖遇南平豁方寸[11],复兼夫子持清论。有似山开万里云,四望青天解人闷。人闷还心闷,苦辛长苦辛。愁来饮酒二千石,寒灰重暖生阳春。山公醉后能骑马,别是风流贤主人。头陀云月多僧气[12],山水何曾称人意。不然鸣笳按鼓戏沧流,呼取江南女儿歌棹讴[13]。我且为君搥碎黄鹤楼,君亦为吾倒却鹦鹉洲。赤壁争雄如梦里[14],且须歌舞宽离忧。

【注释】

1 胡骄、胡雏:同指安禄山叛军而言。"胡骄"是

"胡者,天之骄子也"(《汉书·匈奴传》)的简称,"胡雏"犹言胡人小子。王衍曾称石勒为胡雏(见《晋书》卷一百四)。天津水:天津桥下之水。

2　张掖、酒泉:唐代二郡名,属陇右道,其地即今甘肃张掖、酒泉一带。

3　三巴:指巴郡(今重庆)、巴东(今奉节东北)、巴西(今阆中)。李白虽流放夜郎,但仅至今四川东部就遇赦而还。

4　天地再新:指收复两京。法令宽:指这年春天的大赦。

5　夜郎:汉时古国名,其疆域相当于今贵州省西北部及云南东北、四川南部三省接壤的地区。

6　申:申言,表达。长句:指七言古诗。

7　绣衣:指侍御史。绿樽:酒杯。

8　桃李何言:典出《汉书·李广苏建传》:"谚曰:'桃李不言,下自成蹊。'"

9　大宛:汉代西域国名,以产马著称。

10　款段:行走迟缓的劣马。

11　南平:指南平太守李之遥。方寸:指心。

12　头陀:即头陀寺。旧址位于今湖北省武汉市武昌蛇山。

13　棹讴:鼓棹而歌,行船鼓棹时所唱的歌。

14　赤壁争雄:指三国赤壁之战。赤壁,山名,位于今湖北省赤壁市北长江南岸。

【解读】

韦南陵冰,即南陵(今属安徽省)县令韦冰。此诗乃李白流放夜郎遇赦东归,途经江夏时作,时当乾元二年(759)。诗人遇赦归来,得遇故人,百感交集,既有流放路上的酸辛凄楚,又有眼下的落魄境遇,都使他"人闷还心闷,苦辛长苦辛"。诗即以和友人谈心的方式,向对方诉说自己的"心闷"和"苦辛"。诗中"头陀云月多僧气"二句,说云月、山水不称其意;"我且为君"二句,说要捶碎黄鹤楼、倒却鹦鹉洲。四句所言,不但厌恶而且要毁坏那些他从前十分赏爱而且为之歌唱的美好事物。因后二句出现在"愁来饮酒二千石"之后,故前人说"此太白被酒语,是其短处"(《李太白诗醇》引严羽语)。这六句话乃诗人乘酒兴而言,是事实,但诗人要破坏往日钟爱的美,实在是他要发泄怨愁、摆脱难堪心境的必然选择。诗的前半部分写诗人遇赦归来心境的难堪、痛苦,非常充分。诸如"夜郎迁客带霜寒"、"苦心不得申长句"、"病如桃李竟何言"、"四望青天解人闷"以及"人闷还心闷,苦辛长苦辛"等句,把他心有余悸、心冷如灰、心苦不言、心闷难解的精神状态写得何等明白。处于这种心境,他乍遇故人尚有"惊喜茫如堕烟雾"的感觉。通过交谈,直到酣饮沉醉,那"霜寒"之心始如"寒灰重暖生阳春"。心已解冻,情已复苏,诗人要遣愁,要泄愤,要释放一肚皮怨气,于是便"以必不可行之事,抒必当放浪之怀"

(《老生常谈》评语），有了"捶碎黄鹤楼"、"倒却鹦鹉洲"这样毁美以纾闷的快言快语。严羽说"二句太粗豪"，也有人说"豪语冲吻出，是太白长处"（同上）。其实，诗人并非有意要作豪语，不过是借一件做不到的事消消气而已。其出发点是经过流放，看透了功名事业，唯求乐以遣愁。即诗中说的："不然鸣筘按鼓戏沧流，呼取江南女儿歌棹讴。""赤壁争雄如梦里，且须歌舞宽离忧。"

赠汪伦

李白乘舟将欲行,忽闻岸上踏歌声[1]。
桃花潭水深千尺[2],不及汪伦送我情。

【注释】

1 踏歌:一边唱歌,一边用脚踏地以打节拍。
2 桃花潭:位于今安徽省泾县。

【解读】

《赠汪伦》,敦煌写本《唐人选唐诗》作《桃花潭别汪伦》。关于汪伦,宋本《李太白集》注有云:"白游泾县桃花潭,村人汪伦常酿美酒以待白。伦之裔孙至今宝其诗。"袁枚《随园诗话》则说:"唐时汪伦者,泾川豪士也,闻李白将至,修书迎之……款留数日,赠名马八匹,官锦十端,而亲送之。李感其意,作《桃花潭》绝句一首。"今人黄拂尘从《泾县志》、《汪氏宗谱》查得相关记载,云:"汪伦,又名凤林,为唐时名士,与李青莲相友善,数以诗文往来赠答,为莫逆之交。开元,天宝年间,公为泾县令。"(2003年6月23日《北京日报》)上述三说,似乎都是借李白之诗而说汪伦生平,可信程度不一。按李白赠诗、别诗命题称名必言对方身份的通例,似乎说汪伦为泾县(今属安徽省)桃花潭"村人"较为妥当。这

首赠别诗,通过记述汪伦为李白送行的举动,表现诗人的激动心情。诗的前二句写诗人乘船将要出发了,忽地听到岸上传来的"踏歌"声。寻声望去,才知道踏歌者是友人汪伦,原来他是为自己送行来了。"忽闻"二字用得好,不但生动地写出诗人因见汪伦来送惊喜不已的神情,还自然引出了诗人因感动不已、脱口说出的赞美汪伦送别之情的佳句。所谓"桃花潭水深千尺,不及汪伦送我情"。这两句诗用语朴素,甚至显得浅率,却自有其妙。一则桃花潭水为本地风光,诗人随手拈来形容汪伦的送别之情,使人感到自然、亲切。二则说汪伦别情之深,远非桃花潭水所及,这就把李白和汪伦深挚的情谊更充分地表达出来了。沈德潜说:"若说汪伦之情比于潭水千尺,便是凡语,妙境只在一转换间。"(《唐诗别裁》)他讲的"一转换间",就体现在"不及"二字的应用上。由"不及"一转换,就避免了直说之弊,而有了不尽曲折之意。就此诗而言,诗中如此"转换",当然是诗人心中确有此种感受。不过就诗人修辞习惯而言,也是由他设譬言情、极少用情深如彼的表述方式(如《金陵酒肆留别》即谓"请君试问东流水,别意与之谁短长")这一特点所决定的。

望终南山寄紫阁隐者

出门见南山[1],引领意无限[2]。
秀色难为名[3],苍翠日在眼。
有时白云起,天际自舒卷。
心中与之然,托兴每不浅[4]。
何当造幽人[5],灭迹栖绝巘[6]。

【注释】

1 南山:即终南山,又称中南山,位于今陕西省西安市南。

2 引领:伸颈远望。

3 难为名:非言语所能形容。

4 托兴:借物寄托情趣。

5 造:到……去。幽人:幽隐之人,隐士。

6 绝巘(yǎn):极高的山峰。

【解读】

终南山,又称南山,秦岭主峰之一,位于今陕西省西安市南。唐时终南山多隐者,紫阁隐者系隐于终南山紫阁峰之隐士,其人不详。诗题为望终南山,实借写望终南山的感受以言栖隐之思,属于兴感之作。故诗中写景全写诗人感受中的山景。首二句"出门见南山,引领意无限",

是说见山意兴无限的总体感受，同时也是告诉读者，诗人将用何种方式描写望中所见山景。于是我们读到"秀色难为名，苍翠日在眼"；"有时白云起，天际自舒卷"这样的妙句。它们是在写山光云态，但写的是经过诗人情感过滤、蕴含诗人情思、意念的山光云态。"秀色难为名，苍翠日在眼"二句，前句当因后句而来。换言之，前言秀色难以名状，正是在说诗人望山"苍翠日在眼"的感受。妙在说感受，而不细言其微，仅道其感受之深，却能使人想象其怡然之心。故严羽说"陆士衡诗'秀色若可餐'，不如此'秀色'二句味不尽"（《李太白诗醇》）。"有时白云起"二句，更是有选择地写景，随语带出的是"心中与之然，托兴每不浅"的感受。其写景方式与表达的感受，都与陶渊明写"云无心以出岫"相同。云的卷舒自如，正是诗人心中向往的人生境界。这样，诗人南望终南，神迷秀色而心逐白云，栖隐之思自生，当然会想到先行入山的紫阁隐者，故云："何当造幽人，灭迹栖绝巘。"从章法上看，末二句是回顾题面，论意就不单是表述对紫阁隐者的想念，更多的却是在写诗人遁隐山林的意念。而这意念恰从前写"望"山所见的感受中来。从前后诗句中情思的自然延伸，也可看出此诗结构的紧凑。

闻王昌龄左迁龙标遥有此寄

杨花落尽子规啼[1],闻道龙标过五溪[2]。
我寄愁心与明月,随风直到夜郎西[3]。

【注释】

1 杨花落尽:一作"扬州花落"。

2 五溪:指辰溪、酉溪、巫峡、武溪和沅溪。其地相当于今川南、黔东北、桂北、湘西南一带。

3 夜郎:不是指夜郎国,而是指唐代夜郎县。夜郎县治所位于今湖南省芷江县西南,天宝元年后改名峨山,曾为业州(龙标郡)治所。龙标县在其东南,诗中言"西",当是泛指这一地区,或谓因押韵而泛言之。

【解读】

王昌龄因"不护细行"贬官到龙标(今湖南安江),李白作此诗寄给他,对他表示同情和安慰。清人黄生评此诗,云:"趣。一写景,二叙事,三、四发意,此七绝之正格也。若单说愁,便直率少致,衬入景语,无其理而有其趣。"(《唐诗摘抄》)黄生讲的"趣",可以理解为情趣,他认为此诗写得有情趣,在于不"单说愁",而能"衬入景语"。把他的话略作引申,就是此诗是用形象思维方式,通过创造诗的意象来倾诉忧思愁绪。他讲的"景语",显

然指一、三、四句。这第一句全是写自然景物，既用来点示时令，也是借景言情。"而于景物独取漂泊无定的杨花，叫着'不如归去'的子规，即含有飘零之感、离别之恨在内。切合当时情事，也就融情入景。"（沈祖棻《唐人七绝诗浅释》）三、四两句也可作景语看，是将诗人内含同情、不平的忧思愁绪具象化，即将本来无知无情的明月情感化、人格化，通过它的随风飘转，去向不幸的迁客表达诗人的慰藉之意。与李白这两句诗构思相近的，前有曹植《杂诗》"愿为南流景，驰光见我君"，唐人齐浣《长门怨》"将心寄明月，流影入君怀"，张若虚《春江花月夜》"此时相望不相闻，愿逐月华流照君"，比较而言，李诗意蕴更为丰富，如沈祖棻老师所说："两句之中则又有三层意思。一是说自己心中充满了愁思，无可告诉，无人理解，只有将这种愁心托之于明月；二是说惟有明月分照两地，自己和朋友都能看见她；三是说因此，也只有依靠她才能将愁心寄与，另无他法。"（同上）

赠从弟南平太守之遥二首（选一）

少年不得意，落魄无安居。愿随任公子，欲钓吞舟鱼。常时饮酒逐风景，壮心遂与功名疏。兰生谷底人不锄[1]，云在高山空卷舒。汉家天子驰驷马[2]，赤军蜀道迎相如。天门九重谒圣人，龙颜一解四海春。彤庭左右呼万岁，拜贺明主收沉沦[3]。翰林秉笔回英盼[4]，麟阁峥嵘谁可见[5]？承恩初入银台门[6]，著书独在金銮殿[7]。龙钩雕镫白玉鞍，象床绮席黄金盘。当时笑我微贱者，却来请谒为交欢。一朝谢病游江海，畴昔相知几人在。前门长揖后门关，今日结交明日改。爱君山岳心不移，随君云雾迷所为。梦得池塘生春草[8]，使我长价登楼诗[9]。别后遥传临海作[10]，可见羊何共和之[11]。

【注释】

1　兰生谷底：诗人自喻身处山林之词。刘备想杀狂士张裕，曾说："芳兰生门，不得不锄。"见《三国志·蜀志·周群传》。

2 汉家天子：指汉武帝。他曾派赤车驷马到蜀地召见司马相如。

3 沉沦：指失意不遇者。

4 翰林秉笔：指李白供奉翰林为皇帝草拟文稿。

5 麟阁：即麒麟阁。

6 银台门：唐代皇宫内的宫门，在紫宸殿侧。

7 金銮殿：唐代大明宫内殿名。

8 池塘生春草：东晋诗人谢灵运《登池上楼》诗中的名句。

9 长价：增长身价。

10 临海作：指谢灵运《登临海峤初发疆中作与从弟惠连见羊何共和之》诗。

11 羊、何：指谢灵运的好友羊璿之和何长瑜。

【解读】

全诗二首，此选第一首。从弟，堂弟。南平，唐郡名，天宝元年改渝州（今重庆市）为南平郡。李之遥，曾因饮酒过度贬武陵，余不详。诗人在诗中以自述口吻向从弟之遥倾谈自己的人生经历和感受，由谈人生感受自然引出对之遥的称美。说人生经历，虽从"少年不得意，落魄无安居"说起，但说得简略，而且出语不俗。像说要做隐士，即谓"愿随任公子，欲钓吞舟鱼"；说逍遥于尘世之外、无人问津，即谓"兰生谷底人不锄，云在高山空卷舒"。都是借用比喻言事，务求辞气高华，纵言不遇，也难掩昂藏本相。说供奉翰林则详言、细言,而且夸张、形容、津津乐道。他说得意气干云、词采飞扬,固然与他为人豪放而此事于他实在是一件值得夸耀的事有关,就写法而言,入手即以汉家天子礼遇相如作比,也为他自道往事尽作大言壮语,有引发作用。李白作诗,善于承转。此诗说人生经历以"当时笑我微贱者,却来请谒为交欢"作结,就意在为下作转折蓄势。而接写一联"一朝谢病游江海,畴昔相知几人在",就自然转入抒发人生感慨了。而批评世态炎凉,显然又为称美之遥(所谓"爱君山岳心不改")准备了话题。而在称美之遥时,又因彼此关系随手拈来谢灵运赏爱族弟惠连故事作比,这样,既赞扬了之遥的才德,又涉及此诗之作,和诗题扣合得紧。

月夜江行寄崔员外宗之

飘飘江风起[1]，萧飒海树秋[2]。
登舻美清夜[3]，挂席移轻舟[4]。
月随碧山转，水合青天流。
杳如星河上[5]，但觉云林幽。
归路方浩浩，徂川去悠悠[6]。
徒悲蕙草歇[7]，复听菱歌愁[8]。
岸曲迷后浦，沙明瞰前洲[9]。
怀君不可见，望远增离忧。

【注释】

1 飘飘：风吹的样子。
2 萧飒：秋风声。
3 舻（lú）：船头，这里指船。
4 挂席：挂帆。
5 杳（yǎo）：深远；高远。
6 徂（cú）川：流水。
7 蕙草：香草名。又名薰草、零陵香。
8 菱歌：江南一带采菱妇女所唱的歌。
9 瞰（kàn）：远望。

【解读】

　　此诗可以说是一首纪行诗，纪月夜江行之诗。写法是以游踪为线，次第展现诗人途中所见月夜江景和表述其身在旅途的感受。妙在两者结合得好。首二句描叙江景而交代时令，由于开篇就能以特有的形象、气氛、情感引起读者注意，故前人言此"可谓工于发端，警句直通二谢"（《唐宋诗醇》）。从第三句开始，即从上船写起，写诗人月夜江行的见闻感触。如"月随碧山转，水合青天流"，自是开阔壮丽景象，是写景，也是写感受；而"杳如星河上，但觉云林幽"，偏于写感受，却又带出景物描写。"归路方浩浩"以下六句，都是从说江行感受的角度，写月夜江行所见景象。即所写之景，尽为诗人触景生情之景，故睹其景就可想见江上那一艘趁着月色远航的夜行船，和那船上眼有所观、耳有所闻、心有所思的诗人。月夜江行，虽有风声、水声，大环境总归于静，在这种状况下，所谓"旅愁"，最易滋生。此诗写月夜江行之景所浸染的感情色彩，即来自旅愁。不但明言者如"徒悲蕙草歇，复听菱歌愁"之"悲"、"愁"，未出旅愁范围，就是"归路方浩浩，徂川去悠悠"；"岸曲迷后浦，沙明瞰前洲"，写诗人情思流动、游观感受，也与旅愁有关。诗人旅愁难禁，自然会想到刚刚离别的好友崔宗之，故篇末即谓"怀君不可见，望远增离忧"。其实，他对崔宗之说的"怀君"、"望远"之感，仍然抒发的是旅愁。

寄东鲁二稚子

吴地桑叶绿,吴蚕已三眠[1]。

我家寄东鲁,谁种龟阴田[2]。

春事已不及[3],江行复茫然。

南风吹归心,飞堕酒楼前[4]。

楼东一株桃,枝叶拂青烟。

此树我所种,别来向三年。

桃今与楼齐,我行尚未旋。

娇女字平阳,折花倚桃边。

折花不见我,泪下如流泉。

小儿名伯禽,与姊亦齐肩。

双行桃树下,抚背复谁怜。

念此失次第[5],肝肠日忧煎。

裂素写远意[6],因之汶阳川[7]。

【注释】

1 三眠:指蚕已三次蜕皮。蚕从初生至成蛹,要蜕皮三四次。蜕皮时不食不动,成睡眠状态。

2 龟阴田:指龟山(位于今山东新泰市西南)北面的田地。

3　春事：春耕之事。

4　酒楼：指李白在任城（今山东省济宁市）构筑的酒楼。

5　次第：常态。刘桢《赠徐幹诗》："起坐失次第，一日三四迁。"

6　裂素：撕开白色的生绢，古人常以素绢代纸。远意：指遥念儿女之意。

7　汶阳川：汶水一带。

【解读】

此诗作于天宝八载（749）。东鲁即今山东省曲阜一带，李白家室当时安置在东鲁任城（今山东省济宁市）附近。诗写李白对儿女的想念，意兴凄婉，显出诗人一副慈父心肠。诗作于金陵，可能诗人即将有江行之旅，故开篇写他因目睹吴地蚕将吐丝而念及东鲁家中"春事"，便说"春事已不及，江行复茫然"。受这种迫促、无奈意绪的影响，诗人平日潜伏心底的思儿念女的感情顿时浮上心头，于是便有了描述"归心"的名句："南风吹归心，飞堕酒楼前。"借助"归心"的"飞堕"，又引出了"楼东一枝桃"，引出了桃树下的一对儿女平阳、伯禽，引出了他们没有父爱的悲哀。这一段诗写孩子们的举动、心情，十分感人，但都是诗人的想象之词，它们反映的实是诗人对儿女的思念之苦。像写平阳"折花不见我，泪下如流泉"，写儿女"双行桃树下，抚背复谁怜"，全落在父爱缺失上。

究其实，是诗人在自责、自疚中数说儿女的可怜，故说到不堪言处，即谓"念此失次第，肝肠日忧煎"。可见其忧思之深。严羽说此诗"是家常寄书语，有情景映带（相互映衬），书愁亦逸"（《李太白诗醇》），颇能道出它语言风格和抒情手法方面的艺术特点。

庐山谣寄卢侍御虚舟

我本楚狂人[1],凤歌笑孔丘。手持绿玉杖[2],朝别黄鹤楼。五岳寻仙不辞远,一生好入名山游。庐山秀出南斗旁[3],屏风九叠云锦张[4],影落明湖青黛光[5]。金阙前开二峰长[6],银河倒挂三石梁[7]。香炉瀑布遥相望,回崖沓嶂凌苍苍[8]。翠影红霞映朝日,鸟飞不到吴天长[9]。登高壮观天地间,大江茫茫去不还。黄云万里动风色,白波九道流雪山[10]。好为庐山谣,兴因庐山发。闲窥石镜清我心,谢公行处苍苔没[11]。早服还丹无世情[12],琴心三叠道初成[13]。遥见仙人彩云里,手把芙蓉朝玉京[14]。先期汗漫九垓上[15],愿接卢敖游太清[16]。

【注释】

1 楚狂人:《高士传》记载,陆通,字接舆,春秋时楚国人,时人谓之楚狂。孔子到楚国,接舆在他车旁唱歌,表达避世之意,其歌首句为"凤兮,凤兮,何德之衰",故称之为"凤歌"。

2 绿玉杖:绿玉装饰的手杖,道教徒称其竹杖为绿玉杖。

3 秀出:突出。南斗:星名,二十八宿中的斗宿。庐山在春秋时属吴国,为斗宿分野。

4 屏风九叠:庐山自五老峰下九叠如屏风。云锦张:指云霞像锦绣一般展开。

5 青黛:青黑色。

6 金阙:指庐山中的金阙岩,又名石门山。慧远《庐山记》:"西南有石门山,其形似双阙,壁立千余仞,而瀑布流焉。"

7 三石梁:庐山屏风叠之左有三叠泉,水势三折而下,如银河倒泻于石梁(桥)。

8 回崖:曲折的山崖。沓嶂:重重叠叠的山峰。

9 吴天:庐山一带春秋时属吴国,故云吴天。

10 白波九道:传说长江流到浔阳(今江西九江)分为九道。雪山:形容江中波涛堆叠。

11 谢公:谢灵运。其《入彭蠡湖口》有云:"攀崖照石镜,牵叶入松门。"

12 还丹:相传道教炼丹,使丹砂烧成水银,积久又还成丹砂,因称还丹。道教以为服此可以成仙。世情:人世俗情。

13 琴心三叠:道教修炼术语,指修炼身心。《黄庭内景经》说:"琴心三叠舞胎仙。"梁丘子注:"琴,和也。叠,积也。存三丹,使和积如一。"

14　玉京：道教所称天帝居处。葛洪《枕中书》说："元始天王在天中心之上，名曰玉京山。山中宫殿，并金玉饰之。"

15　先期：预先约定。汗漫：诗中指仙人名字。九垓：九重天。

16　卢敖：《淮南子·道应》说，卢敖游于北海，见一形貌古怪之士，就邀他同游北阴之地，士笑曰："吾与汗漫期于九垓之外，吾不可以久驻。"随即纵身跳入云中。诗中是以卢敖代指卢虚舟。太清：道教以玉清、上清、太清为三清，太清为最高仙境。

【解读】

卢侍御虚舟，即殿中侍御史卢虚舟（字幼直）。李白另有《和卢侍御通塘曲》，言"君夸通塘好，通塘胜耶溪"，知卢氏亦为喜山水者。此诗作于上元元年（760），诗人时在浔阳。读这首诗，先要弄清它的结构。从表面看，诗由三段组成。"一生好入名山游"以前为第一段，"早服还丹无世情"以后为第三段，中间部分为第二段。就题目看，中间一段是主体，写的是"庐山谣"；就立意看，则一、三段不可分割，它们既抒诗人之情，又寄卢氏以意。其实，第三段不单和第一段意接词应，还是第二段内容的自然延伸。也就是说，它本是"庐山谣"的一部分。大抵诗人构思此诗是将自己和卢虚舟和庐山打成一片，由自己"五岳寻仙不辞远，一生好入名山游"，引出

庐山，由对庐山风光的描述，引出庐山仙人"愿接卢敖（指代卢虚舟）游太清"，以抒发学道初成，了无世情的胸怀。只是写庐山景观，既作总体形容，又细写峰峦、瀑布，还摄入登高所见山外景象。而且言必铺叙，写得充分，使得"庐山谣"内容十分突出。但三段意脉贯通，章法未乱。倒显得"全篇开合佚荡"（桂天祥《批点唐诗正声》），或谓其行文"天马行空，不可羁绁"（《唐宋诗醇》）。如果说诗中"庐山谣"气势宏伟，在于体物得其壮大之势，那抒情寄意境界不凡，就在于诗人以雄快之词，说出了绝意世情、求道访仙的志趣。像"我本楚狂人，凤歌笑孔丘"自道其人格精神，"遥见仙人彩云里，手把芙蓉朝玉京"，实写其游心仙境，无不意兴高迈，形象超逸，使人过目难忘。

自汉阳病酒归寄王明府

去岁左迁夜郎道[1],琉璃砚水长枯槁[2]。今年敕放巫山阳[3],蛟龙笔翰生辉光。圣主还听子虚赋[4],相如却欲论文章[5]。愿扫鹦鹉洲,与君醉百场。啸起白云飞七泽[6],歌吟渌水动三湘[7]。莫惜连船沽美酒,千金一掷买春芳[8]。

【注释】

1 左迁:遭贬。古人以右为尊,故称贬官为左迁,此处泛指得罪流放。

2 琉璃:一种半透明的有色玉石。

3 巫山阳:巫山之南。

4 子虚赋:辞赋篇名,西汉司马相如所作。

5 欲:一本作"与"。

6 七泽:相传古时楚地有七处沼泽,后以"七泽"泛称楚地湖泊。

7 三湘:说法不一,古人诗文中的三湘,多泛指湘江流域及洞庭湖地区。

8 春芳:犹言酒香。唐人多称酒为春。李肇《国史补》说:"酒则有郢州之富水,乌程之若下,荣阳之土窟春,富平之石冻春,剑南之烧春。"

【解读】

饮酒醉得厉害,或谓沉醉如病,称为病酒。王明府,王姓县令,当为李白《望汉阳柳色寄王宰》之"王宰"、《早春寄王汉阳》之"王汉阳",即汉阳县令王某。此诗应是诗人应王某之邀,醉饮汉阳,回到武昌所作。此诗尽作大言壮语,真实地反映出诗人遇赦归来的狂喜心态。开头四句,一说流放中"琉璃砚水长枯槁",一说遇赦后"蛟龙笔翰生辉光",两相对照,虽就文思而言,实在说的是遇赦前后心境的迥然不同。当然,说昔日的痛苦,是为了衬写当下的狂喜。故下二句即承"笔翰生辉",说到自己幸逢"圣主"、欲有所为,所谓"圣主还听《子虚赋》,相如却欲论文章"。再接下来,便是通过对他所向往的醉饮、啸歌等放浪行为的夸张、形容,放言其逸兴豪情。不过,此诗毕竟是"病酒"中语,不但"愿扫鹦鹉洲"云云,表明他还沉浸在汉阳醉饮的快感中,就是"圣主还听《子虚赋》"云云,又何尚不是借着酒兴在做美好的想象。前人读此诗,欣赏"其豪气依然如故也"(赵翼《瓯北诗话》),其实"豪气"乃酒力激发所致,当诗人经过短暂的狂喜之后,面对现实处境,未必真能豪壮如斯。

早春寄王汉阳

闻道春还未相识,走傍寒梅访消息[1]。
昨夜东风入武昌,陌头杨柳黄金色。
碧水浩浩云茫茫,美人不来空断肠。
预拂青山一片石[2],与君连日醉壶觞[3]。

【注释】

1 消息:音讯。
2 预拂:事先轻抚。
3 觞:盛满酒的酒杯。

【解读】

王汉阳,即汉阳县令王某,李白《赠王汉阳》把王汉阳比做仙人王乔,说是"一去未千年,汉阳复相见,犹乘飞凫舄,尚识仙人面",而说自己"吾曾弄海水,清浅嗟三变"。可见二人都为人豪放、洒脱,有几分"仙人"气度。又诗人凡写到他与王汉阳交往的诗(他如《寄王汉阳》、《望汉阳柳色寄王宰》、《醉题王汉阳厅》等),几乎都写到二人痛饮之事,可见李白和王汉阳相知,相得,除了性情相似、趣味相投,还与二人嗜饮、善饮有关。此诗即可看做诗人邀约王汉阳醉饮的帖子。诗的前二联写诗人寻春举动和所见春色,既写出武昌"早春"景象,又显出诗人盼见春色的急切之心,和得见春色的喜悦之情。像"走傍寒梅访消息"、"陌头杨柳黄金色",都是景中有人、景中有情的佳句。这些实为下写邀友来饮,创造了一种令人神清气爽、情思骀荡的气氛。它既是写诗人动邀友来饮之兴的原因,也是在说友人应来对饮的理由。故后二联即明言诗人春日对王汉阳的深切思念,请他速速渡江,来作郊外之饮。中谓"预拂青山一片石,与君连日醉壶觞",诗人特邀王汉阳在青山石上连饮数日,分明有约他和自己共赏武昌早春秀色之意,或者说是为了借早春秀色以佐酒。全诗笔调轻快,出语清朗,很好地表现了诗人早春季节初睹春色即邀友来饮的逸兴雅致,从一个角度反映了他对生活的热爱。

秋日鲁郡尧祠亭上宴别杜补阙范侍御

我觉秋兴逸,谁云秋兴悲[1]。
山将落日去[2],水与晴空宜。
鲁酒白玉壶,送行驻金羁[3]。
歇鞍憩古木,解带挂横枝。
歌鼓川上亭,曲度神飙吹[4]。
云归碧海夕,雁没青天时。
相失各万里,茫然空尔思。

【注释】

1 秋兴悲:潘岳著《秋兴赋》,重申宋玉"悲哉!秋之为气也"(《九辩》)的感受。

2 将:和、同。

3 金羁:用金属装饰的马络头,这里指马。

4 曲度:乐曲的节度,指节拍、音调。神飙(biāo)吹:形容吹奏自然,有力。神飙,疾风发作如神。

【解读】

唐时,鲁郡尧祠位于今山东省兖州南。杜补阙、范侍御,不详。郭沫若《李白与杜甫》说"诗题应该是《秋日鲁郡尧祠亭上宴别杜甫兼示范侍御》"。诗写与友人宴别境

况,弥漫其中的是诗人的秋日逸兴,唯篇末四句写出离别时的惆怅之感。首二句"我觉秋兴逸"云云,并非为宋玉讲的"悲哉秋之为气也"(《九辩》)翻案,只是道其真情实感而已。这里的"逸"既有超逸、豪放之趣,又有安逸、安乐之意。其意其趣,是通过诗中写景、叙事显现出来的。其中"山将落日去,水与晴空宜",写秋日傍晚所见景象,岂止天高气爽,山衔红日,水净空明,更有诗人观览天地山水心旷神怡的感受在内。胡震亨说:"太白诗惯押'宜'字,如'山将落日去,水与晴空宜'、'月色望不尽,空天交相宜',又'谑浪偏相宜'、'置酒正相宜'、'春风与醉客,今日乃相宜',凡五用,而前二'宜'韵为尤佳。"(《李杜诗通》)胡氏说"水与晴空宜"之"宜","韵为尤佳",说明他看出了诗人用此字所表达的逸兴高韵。篇末用"云归碧海"、"雁没青天"点示离别之时,又借作比喻,以引出"相失各万里,茫然空尔思"的感叹,亦取喻宏壮、飞动,有超逸之美。

梦游天姥吟留别

海客谈瀛洲[1],烟涛微茫信难求。越人语天姥[2],云霞明灭或可睹。天姥连天向天横,势拔五岳掩赤城[3]。天台四万八千丈[4],对此欲倒东南倾。我欲因之梦吴越,一夜飞度镜湖月[5]。湖月照我影,送我至剡溪[6]。谢公宿处今尚在[7],渌水荡漾清猿啼[8]。脚著谢公屐[9],身登青云梯[10]。半壁见海日,空中闻天鸡[11]。千岩万转路不定,迷花倚石忽已暝。熊咆龙吟殷岩泉[12],栗深林兮惊层巅。云青青兮欲雨,水澹澹兮生烟。列缺霹雳[13],丘峦崩摧。洞天石扉[14],訇然中开[15]。青冥浩荡不见底,日月照耀金银台[16]。霓为衣兮风为马,云之君兮纷纷而来下[17]。虎鼓瑟兮鸾回车,仙之人兮列如麻。忽魂悸以魄动,恍惊起而长嗟。惟觉时之枕席,失向来之烟霞。世间行乐亦如此,古来万事东流水。别君去兮何时还?且放白鹿青崖间[18],须行即骑访名山。安能摧眉折腰事权贵[19],

使我不得开心颜。

【注释】

1　瀛洲：传说中的海上仙山。

2　越：今浙江一带。

3　五岳：指东岳泰山，西岳华山，南岳衡山，北岳恒山，中岳嵩山。赤城：赤城山，又名烧山，位于今浙江省天台山南部。

4　天台：山名，位于今浙江省东部。主峰华顶山，在天台县城东北。陶弘景《真诰》："天台山高一万八千丈。"

5　镜湖：鉴湖，位于今浙江省绍兴市会稽山麓。

6　剡溪：位于今浙江省嵊州市南。曹娥江上游诸水，古通称剡溪。

7　谢公：谢灵运。他曾任会稽太守，在剡溪住过，游过天姥山。谢诗《登临海峤初发疆中作，与从弟惠连可见羊何共和之》其四云："暝投剡中宿，明登天姥岑。"

8　渌水：清澈的水。

9　谢公屐（jī）：谢灵运游山专用的一种木屐，上山去其前齿，下山去其后齿。

10　青云梯：指山路陡峻入云如登天梯。语本谢灵运《登石门最高顶》"惜无同怀客，共登青云梯。"

11　天鸡：《太平御览》卷九一八引《玄中记》说，东南桃都山，有大树名曰桃都。其枝相去三千里，上有天鸡。日初出照此木,天鸡则鸣,天下之鸡亦随之皆鸣。

12　殷(yǐn):震动声。作动词用。

13　列缺:闪电。霹雳:雷电急击现象,声响猛烈。

14　洞天:道教称神仙所居洞府为洞天。

15　訇(hōng)然:大声作响的情形。中开:从中间打开。

16　金银台:道教所说神仙居住的黄金白银宫阙。郭璞《游仙诗》:"神仙排云出,但见金银台。"

17　云之君:云神。诗中泛指乘云而下的神仙。

18　白鹿:为祥瑞之物,极为少见。诗人以白鹿为坐骑,是借此显示他作为隐士的清高情怀。

19　摧眉折腰:低眉弯腰,指屈己事人。事:侍奉。

【解读】

诗题一作《梦游天姥山别东鲁诸公》(殷璠《河岳英灵集》),或径作《别东鲁诸公》(见众本注)。诗当作于天宝五载(746)。当时,李白正欲南下吴、越,将与东鲁诸友作别。陈沆笺释此诗,谓"太白被放以后,回首蓬莱宫殿,有若梦游,故托天姥以寄意。首言求仙难必,遇主或易,故'我欲因之梦吴越,一夜飞渡镜湖月',言欲乘风而至君门也。……题曰留别,盖寄去国离都之思,非徒酬赠握手之什"(《诗比兴笺》)。其说过于求"实",未必尽得诗意。要之,此诗写诗人对一种自由人生境界的向往,表现出他平视权贵、不愿摧眉折腰以事人的自尊情怀。至于他何以向往自由、耻于降心奉事权贵，倒与他厕身翰林、终于被放的经历有些关系。此诗的结构形式，与《庐山谣寄卢侍御虚舟》、《西岳云台歌送丹丘子》类似。"梦游天姥"为诗的主体部分。为纪"梦游"，开篇即道入梦之因。八句诗用比较方法、衬托手法和夸张言词，极显天姥山的高大，不但能引出诗人梦游之兴，而且为下写梦境之奇提供了壮阔的现实背景。诗写梦境之奇，实以"我"之游踪为线，次第展现在不同地域、不同时间所见之景象，最后把眼光停留在暝色朦胧中的"洞天"前。自"我欲因之梦吴越"开始，写梦境愈出愈奇。前写烟云水石，取用古人事迹、神话题材，或以清美之词写其幽景、静物，或以惊心动魄之音，以道丘峦崩摧之状。景有显有晦，境界或超绝，或平淡，无不引人入胜。最奇异者，自是对洞天内仙家生活的描写。严羽说"霓为衣兮风为马"四句，谓"太白写仙人境界皆渺茫寂历，独此一段极真、极雄，反不似梦中语"(《李太白诗醇》)。其实，李白是以仙境写梦境，此段显得"极真，极雄"，是他以想象之词写出了仙人活动的壮观场面。恣肆幻化，于光怪陆离中，另开异境。前人说此诗妙在"起首入梦不突，后幅出梦不竭"(延君寿《老生常谈》)，颇能道出此诗意脉贯通的结构特点。所谓"入梦不突"，是说起句"淡淡引入"，至"我欲因之"云云，"乘势而入"。所谓"出梦不竭"，是说写出梦，并不止于"忽魂悸以魄动"四句，而能用"世间行乐"二句写诗人因梦生感，以点明诗题。并由此生发开来,借说"别君"去向,直言其不能摧眉折腰事权贵,使诗意更进一层。

对酒忆贺监二首 并序

太子宾客贺公,于长安紫极宫一见余,呼余为谪仙人。因解金龟换酒为乐。殁后对酒,怅然有怀而作是诗。

其 一

四明有狂客[1],风流贺季真[2]。
长安一相见,呼我谪仙人[3]。
昔好杯中物[4],翻为松下尘。
金龟换酒处[5],却忆泪沾巾。

其 二

狂客归四明,山阴道士迎[6]。
敕赐镜湖水[7],为君台沼荣[8]。
人亡余故宅,空有荷花生。
念此杳如梦,凄然伤我情。

【注释】

1 四明:山名,位于今浙江省宁波市西南。相传群峰之中,上有方石,四面如窗,中通日月星辰之光,故称四明山。贺知章晚年自号"四明狂客"。

2 贺季真:贺知章,字季真,越州永兴(今浙江省萧山市)人。

3 谪仙人:被贬谪到人间的仙人。唐代孟棨《本事诗》记载:"李太白初至京师,舍于逆旅,贺监知章闻其名,首访之。既奇其姿,复请所为文,出《蜀道难》以示之,读未竟,称赏者数四,号为谪仙。"

4 杯中物:酒。

5 金龟:唐代官员的一种佩饰。

6 山阴道士迎:借用山阴道士以鹅换取王羲之所书《黄庭经》故事。山阴,在今浙江省绍兴市。

7 敕赐:唐玄宗赏赐。镜湖:位于今浙江省绍兴市。天宝三载,贺知章请为道士,乞归乡里。皇帝把镜湖剡川的一部分赐给他作为放生池。

8 台沼:楼台池沼。

【解读】

贺监,即太子宾客、秘书监贺知章(659—744)。他是李白的老友,天宝三载(744)归隐故乡镜湖。贺监归隐后,李白曾想到江东看望他,不意听到知章去世的消息,只好回舟以返。所谓"欲向江东去,定将谁举杯?稽山无贺老,却棹酒船回"(《访贺监不遇》)。《对酒忆贺监二首》当作于闻贺老已殁消息之后,乃诗人"对酒""怅然有怀而作是诗",并非"在会稽凭吊贺知章而作"。诗共二首,都是通过写"对酒忆贺监"(即对酒回忆贺监生前往事),表达诗人对贺知章的悼念之情。具体说,第一首主要写的是诗序所说的内容,即回忆当年"太子宾客贺公于长安紫极宫一见余,呼余为谪仙人,因解金龟换酒为乐",而念及贺公"今为松下尘",不觉怅然泪下。诗中前四句写当年二人订交事,出语痛快淋漓。本来,贺知章晚年自号"四明狂客",但诗人开口即称"四明有狂客"似别有意味。一则说明贺公"呼我谪仙人"实为其"狂客"之"狂"的表现,二则隐含贺公"呼我谪仙人",我亦视公为"狂客"之意。即严羽说的"以'狂客'答其'呼',易地皆然,又不过誉,真率可法"(《李太白诗醇》)。三则点明贺公为"狂客"、而呼"余谪仙人",彼此心地契合,贺公真为我生平第一知己。后四句全写对酒伤感,慨叹贺公已殁,偏从"昔好杯中物"说起;直说自己泪水沾巾,亦从忆念"金龟换酒处"道来。选材、抒怀,无不切合诗题"对酒忆贺监"五字。第二首也是写对酒忆往的凄然心情。前四句所写内容和李白《送贺宾客归越》有相同处,只是多了一层君王"敕赐"以增荣耀的意思;论风格,却以沉静、质直取代了前诗的豪放、飘逸。后四句言悲,"人亡余故宅"于对比中带出慨叹,"空有荷花生"更借荷花依旧衬写老友物故以言悲,使得抒怀之词哀婉凄清,少了直露之弊。最后要指明的是,此诗和《夜泊牛渚怀古》、《宿五松山下荀媪家》一样,都是"以古行律",即用作五古的方法作五律。

金陵酒肆留别

风吹柳花满店香，吴姬压酒唤客尝[1]。
金陵子弟来相送[2]，欲行不行各尽觞[3]。
请君试问东流水，别意与之谁短长。

【注释】

1 吴姬：吴地女子。诗中指酒店侍女。压酒：榨糟取酒。古时米酒酿制将熟时压榨取酒。

2 子弟：指年轻后生。

3 欲行：指诗人自己。不行：指送别者。尽觞（shāng）：饮尽杯中酒。觞，酒杯。

【解读】

此诗作于开元十四年（726）春，是诗人初游金陵后将作广陵之游、留赠金陵友人的作品（用郁贤皓说）。它既是一首深情婉转、散发青春气息的留别诗，又是唐代一幅江南春日少年送别图。读诗观图，既知"柳花满店香"、春酒初熟，又见"压酒唤客尝"的美女、前来相送的金陵子弟，和送行者、被送者举杯同饮的场面，还有那注满离情别意的春江。诗的妙处，在于出语简淡、疏快而情思绵长、深沉。大抵前四句描叙送别场面，虽能见出诗人和金陵子弟的友情，终是情蕴其中。末二句自是作即事兴感、即景生情之语，它们能把离情别意说得令人体味不尽，与其特有的表述方法分不开。用江水作比喻写悲写愁、写离情别意，古已有之，名句如谢朓"大江流日夜，客心悲未央"(《夜发新林》)，如阴铿"大江一浩荡，悲离足几重"(《晓发金陵》)，都是说悲（羁旅之悲，离别之悲）如江水浩荡、奔流不尽。李白也用江水比喻别情，但他却用一问句，云："请君试问东流水，别意与之谁短长？"这就不是简单地说"别意"如同"东流水"，而是说"别意"长过"东流水"。但他却发一问，请诸君自己去品味、去比较，如此表述，就能做到言有尽而意无穷。不像后来刘禹锡说"欲问江深浅，应如远别情"(《鄂渚留别李二十一表臣大夫》)，语简气滞，少一种灵动之感、味外之味。

酬崔侍御

严陵不从万乘游[1],归卧空山钓碧流。
自是客星辞帝座,元非太白醉扬州[2]。

【注释】

1 严陵:严光,字子陵,汉代隐士。
2 元非:本来不是。元,通"原"。

【解读】

酬,酬答,以诗文应答。崔侍御,即崔成甫。成甫曾任秘书省校书郎,冯翊、陕县二县尉,摄监察御史,因事贬往湘阴,乾元初年卒。崔氏《赠李十二》云:"我是潇湘放逐臣,君辞明主汉江滨。天外常求太白老,金陵捉得酒仙人。"李白此诗即就崔诗作答。崔诗首二句说两人当下境遇,言己直道其事,说李白则出于婉言。末二句说崔氏常想见到李白,终于在金陵见到了他。李白答诗实写其蒙受天子赐金放归遭遇的愤懑情绪,其构思和立意,即从崔诗"君辞明主"、"太白"、"酒仙"云云中来。诗中前三句是说:像严陵不为汉光武帝所屈,坚持回到故乡富春山,整日垂钓碧流,那才真正是"客星辞帝座"即主动辞别天子。末句"元非太白醉扬州",意谓我李太白醉饮扬州和严陵在富春山垂钓碧流本来就不同。我被天子赐金放还，和"严陵不从万乘游"，岂能同日而语。由此可见，李白并不同意崔氏说的"君辞明主汉江滨"，也不认为他的浪迹纵酒是真隐士的遁世行为，而这些都反映出他对赐金放还耿耿于怀、怨望深深的心态。作为迁客和作为诗人好友的崔侍御，当然明白李白"辞明主"而归的真相，但他写诗只能那样说。同样，李白也知道对方了解自己的境遇，他之所以在答诗中认真申说自己并非像严陵那样辞君而归，实在是心中所积的放归之怨太深，不吐不快。读这首诗，对正确理解李白与放归有关的饮酒诗是有启发的。因为诗中说"太白醉扬州"，并非隐士自得其乐的遁世之举，实已暗示读者，诗人嗜酒狂饮实是为了抒愤遣愁。

南陵别儿童入京

白酒新熟山中归,黄鸡啄黍秋正肥。

呼童烹鸡酌白酒,儿女嬉笑牵人衣。

高歌取醉欲自慰,起舞落日争光辉。

游说万乘苦不早,著鞭跨马涉远道[1]。

会稽愚妇轻买臣[2],余亦辞家西入秦。

仰天大笑出门去,我辈岂是蓬蒿人[3]。

【注释】

1 著鞭:扬鞭。

2 "会稽"句:买臣,朱买臣,字翁子,西汉会稽郡(今属浙江省)人。家贫而好读书,常砍柴卖钱为食。挑着柴担,仍诵书不绝于口。其妻感到羞辱,要离开他。买臣笑曰:"我年五十当富贵,今已四十余矣,汝苦日久,待我富贵报汝功。"妻恚怒曰:"如公等,终饿死沟中耳,何能富贵!"买臣留她不住,即听去。后买臣得为会稽太守。

3 蓬蒿人:生活在民间的人。蓬蒿,蓬草和蒿草,借指荒野偏僻之处。

【解读】

南陵,县名,今属安徽省。诗题,《河岳英灵集》、《又玄集》均作《古意》。此诗当作于天宝元年(742)秋天,当时李白奉诏入京,将有长安之行。多少年的希望就要实现,诗人按捺不住心头的喜悦,唱出了这首欢乐的歌。前六句写山中归家景况,就充满快乐气氛。"呼童烹鸡酌白酒",自可理解为诗人喜得诏令不胜其乐的举动。"儿女嬉笑扯人衣","高歌取醉欲自慰,起舞落日争光辉",这些描写儿童和大人不同举动的诗句,也都是在写诗人内心的喜悦。后六句虽然说到未曾早点"游说万乘"的遗憾,也曾隐隐言及往日沦落草野、为"愚妇"辈所轻侮的令人不快的经历,但说那些仍是为了突出当下的乐不可支。"仰天大笑出门去,我辈岂是蓬蒿人",既是他对"愚妇"之类的回应,更多的却显出了他出于庆幸心理的自得、自信。全诗的最大特点是抒怀直露无遗,如前人说的:"草草一语,倾倒至尽。"(《唐诗品汇》引刘氏语)"结句以直致见风格,所谓词意俱尽,如截奔马"(《唐宋诗醇》)。

江夏别宋之悌

楚水清若空[1],遥将碧海通[2]。
人分千里外,兴在一杯中[3]。
谷鸟吟晴日[4],江猿啸晚风。
平生不下泪,于此泣无穷。

【注释】

1 楚水:指汉水。
2 将:与。
3 兴:情致,情谊。
4 谷鸟:即布谷鸟。

【解读】

宋之悌乃宋令文之子、宋之问之弟、宋若思之父。开元中自右羽林将军出为益州刺史、剑南节度采访使,寻迁太原尹。开元二十三年(735)春天,宋之悌贬官朱鸢(属安南都护府交趾郡)、途经江夏,李白与之饮酒作别而赠此诗。诗以情胜,写得离别别意动人。手法之妙,在于只写别离之痛的深切感受,而丝毫不涉及引起别离之痛的内在原因;又写别离之痛,多寓情寄慨于景物描写之中。如首联"楚水清若空,遥将碧海通",虽然是从描画江夏本地风光入手,但有意突出"楚水(实指注入长江的汉水)"远与碧海相通,写景中就蕴含对宋之悌远贬南海的慨叹之意。颔联虽以"人分千里外"点破首联的一层寓意,却让人从情感色彩模糊的"兴在一杯中"去品味他的远别之慨。颈联更是借并非江夏全有的"谷鸟吟晴日,江猿啸晚风"两种自然现象创造一种氛围,以兴起"平生不下泪,于此泣无穷"二句。此二句虽明言落泪,伤感至极,但仍未言及对离别如此伤感的深层原因,还是在写感受。为什么不写原因?一则此为送别诗,个中原因,你知我知,何必要说。二则二人对饮,想已详言其事,而且说得感慨嘘唏,作诗实在不忍再提。三则作诗本以抒情为主,写出真切感受即能动人。如果此诗把引发别离之愁的原因细说一番,可能诗风不会像现在这样"豪迈"(《唐诗分类绳尺》),也不可能出语声调激越,如同"登高而呼,众山皆响"(《唐宋诗醇》)。另外,此诗颔联向来称为名句,胡震亨就说:"太白'人分千里外,兴在一杯中',达夫'功名万里外,心事一杯中',似皆从庾抱之'悲生万里外,恨起一杯中'来。而达夫较厚,太白较逸,并未易轩轾。"(《唐音癸签》卷十一)胡氏所举三例句,句式相同,唯后一句言情有虚实程度的区别。比较而言,庾抱言"恨",最为坐实;高适说"心事",在虚实之间,李白说"兴"则近乎虚了。故前人说高诗"浑厚",李诗则"超逸入神"(胡应麟《诗薮》)。

金乡送韦八之西京

客自长安来,还归长安去。
狂风吹我心[1],西挂咸阳树[2]。
此情不可道[3],此别何时遇。
望望不见君[4],连山起烟雾[5]。

【注释】

1 狂:一本作"秋"。

2 咸阳:指长安。

3 道:一本作"论"。

4 望望:一再瞻望。

5 连山:相连之山。鲍照《吴兴黄浦亭庾中郎别诗》:"连山渺烟雾。长波迥难依。"

【解读】

金乡,县名,今属山东省。韦八,其名不详。八,指其排行而言。此诗当作于天宝四载(745)。诗以送别为题,抒发的是诗人和韦八的别离之情,而情之殷殷,全从写离别感受、举动表现出来,并不细道其详。写感受,主要见于"此情不可道,此别何时遇"二句;写举动,主要见于"望望不见君,连山起烟雾"二句。而"狂风吹我心,西挂咸阳树"二句,用夸张手法作想象之词,出语奇逸,是既写感受,又写举动。前人说此诗"即'瞻望弗及,实劳我心'意,说来自远"(沈德潜《唐诗别裁》)。所谓"瞻望弗及,实劳我心",出自《诗经·邶风·燕燕》第三段,原文为"燕燕于飞,下上其音。之子于归,远送于南。瞻望弗及,实劳我心"。《燕燕》"是卫君送别女弟远嫁的诗"(余冠英《诗经选》),被称为"万古送别之祖"。可以说,借写"瞻望弗及"的举动,而言其心"劳(忧伤、愁苦之意)"之情,是李白送别诗常用的手法,不仅此诗如此。此诗造句,也与李白其他诗作构思有相似处。如读"狂风吹我心"云云,就易使人想到他的"南风吹归心,直堕酒楼前",以及"我寄愁心与明月,随君直到夜郎西";读"望望不见君"云云,则易使人想到他的"孤帆远影碧空尽,唯见长江天际流"。两相比较,不但言其举动思路相同,表达感受、抒发情意所达到的境界也相似。

上李邕

大鹏一日同风起[1],抟摇直上九万里[2]。
假令风歇时下来,犹能簸却沧溟水[3]。
时人见我恒殊调[4],见余大言皆冷笑[5]。
宣父犹能畏后生[6],丈夫未可轻年少。

【注释】

1 大鹏:传说中的大鸟。《庄子·逍遥游》:"鹏之徙于南冥也,水击三千里,抟扶摇而上者九万里。"

2 抟(tuán)摇:一本作"扶摇"。抟,鸟类向高空盘旋飞翔。摇,扶摇,盘旋而上。

3 簸(bǒ):摇动,颠动。沧溟:大海。

4 时人:一本作"世人"。恒殊调:意谓一直与他人为人格调不同。恒,常。

5 见:一本作"闻"。

6 宣父:孔丘。唐贞观年间下诏尊称孔丘为宣父。畏后生:《论语·子罕》:"后生可畏,焉知来者之不如今也。"

【解读】

李邕(678—747),字泰和,江都人。李善之子。天宝初年,担任北海(今山东青州)太守,人称"李北海",

后被李林甫杖杀。李邕工文，又擅长书法，为人倜傥，乐意奖掖后进。与李白、高适、杜甫等人友善。此诗写作时间不详。前人或以为此诗非李白所作，或以为此诗为李白干谒李邕之作，似不确切。近来也有学者认为"此诗似有残缺"，故难以知其立意所在。揣摩诗意，此诗当为李白写给李邕的言志谈心之作。李白出蜀后作《大鹏赋》以明志，极言黄鹄、玄凤……诸鸟所为"未若兹鹏之逍遥，无厥类乎比方"，言"此二禽（指鹏和希有鸟）已登于寥廓，而斥鷃之辈空见笑于藩篱"。又在临终前作《临终歌》以自悲，云："大鹏飞兮振八裔，中天摧兮力不济。余风激兮万世，游扶桑兮挂左袂。后人得之传此，仲尼亡兮谁为出涕！"可见，李白一生对乘风而起、大有作为的大鹏精神十分向往，一直把它作为自己的人格精神。《上李邕》前四句，实以歌吟大鹏起兴作比，颂扬的是大鹏同风而起、抟摇直上的雄伟气概和纵使风歇落水仍然余威强大。当然诗人如此赞扬大鹏，也是在向李邕表白自己的人生精神。后四句主要是说"时人"对自己雄心壮志的不理解，和自己对"时人""冷笑"的不以为然。之所以不以为然，表面看，是他认为"宣父犹能畏后生"，骨子里却是"大鹏"对"斥鷃之辈空见笑于藩篱"的蔑视所致。就此而言，说此诗内含狂傲之气，是可以的。李白作诗与李邕言志谈心，不掩狂气，可谓以本色相见，想李邕本为狂狷之士，读此诗，自当掀髯而笑。

送裴十八图南归嵩山二首

其 一

何处可为别，长安青绮门[1]。
胡姬招素手，延客醉金樽。
临当上马时，我独与君言。
风吹芳兰折，日没鸟雀喧。
举手指飞鸿[2]，此情难具论。
同归无早晚，颍水有清源[3]。

其 二

君思颍水绿，忽复归嵩岑[4]。
归时莫洗耳，为我洗其心。
洗心得真情，洗耳徒买名[5]。
谢公终一起[6]，相与济苍生。

【注释】
1 青绮门：原名霸城门、青雀门，位于长安东城。

2　举手指飞鸿：典出《晋书·郭瑀传》。郭瑀隐于临松薤谷，张天锡派使者孟公明请他出仕。公明至山，郭瑀指着飞鸿对他说："此鸟安可笼哉？"遂深逃绝迹。

3　颍水：源出今河南省登封市嵩岳之少室山。

4　嵩岑：嵩山。

5　洗耳：尧请许由做九州长，许由认为这话弄脏了他的耳朵，便跑到颍水边洗耳。

6　谢公：谢安。一起：指从隐居地东山出来为官。

【解读】

裴图南，排行第十八，余不详。二诗当作于天宝二年（743）。诗为送裴氏归隐嵩山而作，真实地表现了诗人此时有意暂且归隐、等待用世机遇的心思。这心思在第一首诗中，主要见于"临当上马时，我独与君言"之"言"，即"风吹芳兰折"至"颍水有清源"数句所写之"言"和"与君言"时的举止。数句诗实为诗人自白，说的是政治昏暗，佞臣嚣张，自己遭受权幸的谗毁和打击，有意和裴氏同隐嵩山。要指明的是，诗人向裴氏如此表白，一则谈心，显出二人交往之深，二则言己欲隐本是对裴氏归隐嵩山的肯定，三则一句"同归无早晚"，大有到时候你我同隐嵩山，并无细分谁早去、晚去之必要的意思。都与题意扣得很紧。第二首则全诗都在说诗人的心思，只是用的是叮嘱裴图南如何做隐士的方式，或者说用的是对裴氏归隐嵩山提出希望的方式。这种希望实则反映出李白仕途失

意后所要采取的人生态度和人生方式。同时，从中也可看出李白追求的隐士人格精神。诗人用"洗耳"、"洗心"概括两类隐士的为人特点。认为"洗心得真情，洗耳徒买名"，希望归隐者"归时莫洗耳，为我洗其心"，即莫停留在"洗耳徒买名"的层面上，而要"洗心"以得隐士"真情"。所谓得"真情"者，最好的典范就是"谢公终一起，相与济苍生"。可见，李白追求的隐士的人格精神，不但不在"买名"上，也不在"独善其身"上，更不在专以忘世为高上，而含有极强的"济天下"、"济苍生"的意识。应该说，这是一种积极的隐士观。诗人以此勉励裴氏，表明他此时正有暂隐嵩山、等待为世所用的想法。与第一首借比喻和描述动作以道心思不同，第二首以议论为主，快言快语，使人闻之警竦。又出语形象，因"洗耳"引出"洗心"，来得自然。

送友人

青山横北郭[1],白水绕东城。
此地一为别,孤蓬万里征[2]。
浮云游子意,落日故人情。
挥手自兹去,萧萧班马鸣[3]。

【注释】

1 郭:古代城有内外之分,内城曰城,外城曰郭。
2 蓬:草名,即蓬蒿,秋枯根拔,风卷而飞,故又称飞蓬。
3 萧萧:马的嘶鸣声。班马:离群之马。

【解读】

这也是李白一首著名的送别诗。古代交通不便,人们十分看重离别,送别成为诗人常写的题材。李白送别诗不少,这一首似乎最能表达诗人常有的送别感受。诗的前半写送别之地,后半写送友之情。细言之,"青山"、"白水"二句起得整齐,写景气势宏远。虽是叙写送别之地,但所言佳景,却与"孤蓬万里"形成对照,带出别离气氛。颔联接得轻便,尽管出语有生气,总归是以感慨语调说倏忽万里事,难免露出怅惘意绪。如果说颔联是送者、去者合写,颈联则分写去者、送者。妙在使用两个贴切比喻,说出二人别情离意。比喻生动、传神，或如王琦所说："浮云一往而无定迹，故以比游子之意；落日衔山而不遽去，故以比故人之情。"（《李太白全集》注）前人称颔联出语健劲，主要就"浮云"、"落日"形象巨大而言，其实二句皆为怆恍之词，只是说得简淡。严羽即谓"五、六澹荡凄远，胜多多语"（《李太白诗醇》）。同样，尾联抒怀亦不明言，只将别情注入班马鸣声中。看似出语洒脱，萧散之致悠然不尽，实是内容凄楚，有"深情婉转，志致纷披"（《唐诗归折衷》引吴敬夫语）之妙。沈德潜曾拿此诗和传为苏武、李陵的赠答诗作比较，谓"苏、李言多唏嘘语而无蹶蹙声，知古人之意在不尽矣。太白犹不失斯旨"（《唐诗别裁》）。沈氏从继承艺术传统角度，说此诗抒发别情离意而不尽言（仅用比喻和其他手法写感受之深挚），更不作急迫、气促之语，是有见地的。

五月东鲁行答汶上翁

五月梅始黄,蚕凋桑柘空[1]。
鲁人重织作,机杼鸣帘栊[2]。
顾余不及仕,学剑来山东。
举鞭访前途,获笑汶上翁。
下愚忽壮士,未足论穷通。
我以一箭书[3],能取聊城功。
终然不受赏,羞与时人同。
西归去直道,落日昏阴虹[4]。
此去尔勿言,甘心为转蓬。

【注释】

1 桑柘空:表示蚕事已完。桑柘,桑树与柘树,其叶均用来养蚕。

2 机、杼:织机部件,诗中代指织布机。栊(lóng):窗上棂木,指代窗户。

3 一箭书:战国时,燕将攻占齐国聊城,因遭谗言而不敢回国。后来齐国田单进攻聊城,历时一年未能收复。鲁仲连作一书缚在箭上,射进城内,告诉他死守无济于事。燕将见书自杀,聊城即被田单攻下。齐王要封鲁仲连官爵,被他拒绝。见《史记·鲁仲连邹阳列传》。

4 阴虹：指蜺，相传虹由雄性的虹和雌性的蜺组成。古代诗文中常以阴虹喻指佞臣。

【解读】

五月，指开元二十七年（739）五月。李白这时正从安陆来到东鲁一带漫游。汶上翁，居住汶水之滨的老人，诗中当指家住汶水流域的某位老农。初夏农忙季节，李白到山东漫游，学习经国济世的知识和本领。他在旅途向一位老农打听前程时，受到对方的嘲笑，便写了这首诗来回答他。老农为什么嘲笑他？大概是见他作为读书人，年纪不小，未能做官，又不安心务农，只能长年在外东奔西跑吧。老农的嘲笑激起李白的不满，以诗作答亦愤愤然。诗中词十句，有三层意思。一是直斥"汶上翁"为"下愚"之人，而自己以"壮士"自居。说是"下愚忽壮士，未足论穷通"，其贱视老农，嗤之以鼻，固然是他高自标置的"壮士"情怀作祟，也是出于对老农轻视自己的反感。二是陈述高远志向。既活用鲁仲连取聊城故事以言其才干和处世方式，又自谓"羞与时人同"以暗刺老农。三是告诉老农，仍将坚持走自己的人生道路。"此去尔勿言，甘心为转蓬"两句，既切合东鲁漫游旅途中的"举鞭访前途"，又就其特有的人生道路而言。显然，李白对"汶上翁"的回答是十分认真而且带有强烈的感情色彩的，由此我们想到他作此诗的真正动机是什么。要之，他是借回答

"汶上翁"的嘲笑,来向世人宣示心志。如此解读,则此诗可视为李白申言其人生价值取向的宣言书。

送友人入蜀

见说蚕丛路[1],崎岖不易行。
山从人面起,云傍马头生。
芳树笼秦栈[2],春流绕蜀城[3]。
升沉应已定[4],不必问君平[5]。

【注释】

1 见说:听说。蚕丛路:指入蜀之路。蚕丛,远古蜀国国王名字。

2 秦栈:由秦入蜀的栈道。

3 蜀城:指成都。

4 升沉:指仕途上的得意与失意。

5 君平:严遵,字君平,蜀人,西汉术士。卜筮于成都市中,与人言利害,日阅数人,得百钱足自养则关门读《老子》。

【解读】

此诗为送友人入蜀而作,当与《蜀道难》作于同一时期。只是诗中并非尽言蜀道之险,还说到途中和蜀城可乐之景,至于对友人的关切、慰藉,则与《蜀道难》大同小异。从章法上看,诗中前六句都为首句"见说"二字所管束,由此可知诗中所写蜀地景象,尽为诗人想象之词。当然,他的想象是以其频繁登临山水的丰富经验为基础的,所以才写得这样真实、生动。颔联承首联"崎岖不易行"而来,是说蜀道如何奇险难行。两句从人行蜀道的角度写蜀道之险,从动态入手写山、云之状。"山从人面起",即言山峰当面拔地而起;"云傍马头生",本写山云弥漫,马前数尺,不辨路径,却说云靠近马头而生。两句写雄奇之景,皆借行人作陪,较之单纯摹写崇山峻岭所表现出的奇险难行,对欲行蜀道者当更具震撼力。大概是友人入蜀,不得不行,诗人在诗中除言及蜀道之难以外,还写到蜀道、蜀城可见之美景,以宽慰友人之心。如果说颔联二句语意奇险、警削,颈联二句则显得纤秾、秀润,不但"音节直似戛石铿丝"(高棅《唐诗正声》),而且用字精妙。第三句用"笼"字形容"秦栈"蜿蜒于芳林中的景象,境界奇丽,令人生想。从尾联可以看出,李白这位入蜀的友人,是一位在官场不得意的人。他为友人不平,只说升沉已定,叮嘱友人不要去向严君平那样的占卜圣手询问前途如何。严君平本为汉代蜀中成都人,诗人因友人入蜀而嘱其"不必问君平",乃极自然事。故尾联二句虽为牢骚语却抑遏蔽掩得好,能使锋芒不露。

宣州谢朓楼饯别校书叔云

弃我去者，昨日之日不可留；乱我心者，今日之日多烦忧。长风万里送秋雁，对此可以酣高楼。蓬莱文章建安骨[1]，中间小谢又清发[2]。俱怀逸兴壮思飞[3]，欲上青天览明月。抽刀断水水更流，举杯消愁愁更愁。人生在世不称意[4]，明朝散发弄扁舟[5]。

【注释】

1 蓬莱文章：指汉代文章。蓬莱，传说中的海上三仙山之一，仙府秘籍藏放于此山，故东汉将国家图书收藏处命名为蓬莱。建安骨：即建安风骨，指建安（196—220）诗文具有的俊爽刚健的艺术风格。

2 小谢：谢朓。后人将他与谢灵运分别称为大、小谢。清发：清新秀发，指小谢诗风。或谓出现了清奇优美的诗风。《南齐书·谢朓传》称谢朓"文章清丽"。

3 逸兴：超逸豪放的情兴。

4 人生：一本作"男儿"。

5 散发：去掉冠簪让头发披下来，这是隐居不仕者的装束。扁舟：小舟。

【解读】

谢朓楼,南齐谢朓任宣州太守时所建,又称谢公楼,或称北楼,楼址位于今安徽省宣城市。叔云,指李白族叔、校书郎李云。诗题一作《陪侍御叔华登楼歌》,据诗意当以后题为是。叔华,即李白族叔李华(715?—774?)。李华天宝中登朝为监察御史,为权幸所嫉,徙右补阙。又李华为开元、天宝年间古文家,名作有《卜论》、《吊古战场文》等。李白在此诗中言愁、言忧,但主要是抒发自己怀才不遇的牢骚。而说自己不遇,又巧妙地把称美对方文章之妙和自道诗兴之高联系在一起。这样便和题面照应得紧。开头二句,即为此诗定下抒情基调。两句诗说昨日不可留,今日多烦忧,表现出诗人忧不胜忧,愁不胜愁,极端烦懑无奈的心境。而在写法上,开门见山言忧言烦,起得突兀,真是破空而来,如风雨骤至。而他采用的由声调抑扬顿挫、极富节奏感的散文句式构成的对句,更是恰到好处地表达了诗人心中起伏不平的情绪。正因烦忧不堪,才引出"长风万里送秋雁,对此可以酣高楼"二句。若从另开境界而言,这两句也算得破空之句。"长空万里"云云,自是令人心旷神怡、逸兴遄飞之景,故能触发李白对对方和自家诗文一番气采飞扬的议论。"蓬莱文章"云云,当指李华之文;"小谢清发"即言己诗。而"俱怀逸兴"二句,既是对二人构思时精神状态的描绘,也是对两家诗文审美境界的概括。而描叙中意气激昂,以至略含自负之意,实与不遇之愁在胸有关。故触动愁绪,

即换一种语调,用比喻作形容,极言愁不能消。"抽刀断水"二句,就章法而言,是对首二句的呼应。就情思意脉而言,不过是诗人倾泻而出的烦忧,在经过"酣高楼"之后的再度迸发。显然,后一次迸发,抒情尤为充分,不但说烦忧郁结的感受,还说了何以生愁的原因,以及如何摆脱烦忧的方法。而且说得更为直露,更为气激语急。有人说李白"愁也愁得豪放",其实,他说的"明朝散发弄扁舟"是一句牢骚话,是不得已而言之,只能证明他烦忧之深,并非豪放之举。

登太白峰

西上太白峰[1]，夕阳穷登攀[2]。
太白与我语[3]，为我开天关[4]。
愿乘泠风去[5]，直出浮云间。
举手可近月，前行若无山。
一别武功去[6]，何时复更还？

【注释】

1 太白峰：太白山最高峰，位于今陕西省太白县一带。山峰甚高，常有积雪。

2 夕阳：指山的西部。《尔雅·释山》："山西曰夕阳。"穷登攀：指登上顶峰。穷，尽。

3 太白：金星，一名启明星。

4 天关：天门，指天宫之门。

5 泠（líng）风：和风。《庄子·逍遥游》："夫列子御风而行，泠然善也。"又《庄子·齐物论》："泠风则小和。"

6 武功：指武功山。位于今陕西省武功县，与太白山相连。

【解读】

太白峰，秦岭主峰，又名太乙峰，位于今陕西省眉县

南。诗写登上太白峰的感受，突出的是峰势高峻。中写诗人登高而有飘然欲仙之感，从写法上讲，应是描写峰高境奇的一种方法。李白写山高峰峻，习惯于用写登上高峰后的感受来加以衬托。而所言感受，往往借写"我"与天象（包括日月、星辰、银河等）及相关神话人物、神话场景的接触（或直接交往，或置身其中）的细节来表现。如"扪参历井仰胁息，以手抚膺坐长叹"（《蜀道难》），"扪天摘匏瓜、恍惚不忆归。举手弄清浅，误攀织女机"（《游太山》）等，即用"我"在山顶如同上天的感受来说山峰高与天接。而像"西上莲花山，迢迢见明星……邀我登云台，高揖卫叔卿。恍恍与之去，驾鸿凌紫冥"（《古风·西上莲花山》），写"我"与仙人同游，除写出莲花峰的奇妙境界外，自然也突出了它的山势之高。《登太白峰》写山峰之高，是既用"我"与星月接触以显其高，所谓"举手可近月，前行若无山"，又用"我"与仙人交接的感受写山境之奇，所谓"太白与我语，为我开天关。愿乘泠风去，直出浮云间"。这几句的写法，显然与诗人《焦山望松寥山》言"石壁望松寥，宛然在碧霄。安得五彩虹，架天作长桥，仙人如爱我，举手来相招"相似，都是因山高而想象其为仙人来往之地或可通向仙家世界之地，并将虚拟的仙人活动和现实中的"我"联系在一起，创造出极富浪漫色彩的意象和境界。只是《焦山望松寥山》还停留在开始想象的层面，此诗却是直接展现正在进行的活动。又此诗"太白"仙人实因山名构思而成，太白山得名是因为山上冬夏积雪望之皑然,与神话并无关系。李白则因其名而想象山有太白仙人,想象仙人与自己的交往,不同于《焦山望松寥山》即兴泛言"仙人"云云。不过,两者都显现出李白描写山势之高特有的构思习惯和艺术趣味。读这类诗,我们既要注意诗人采用求仙素材所表现出的求仙意识,也要顾及他如此构思所追求的艺术效果。

东鲁门泛舟二首

其 一

日落沙明天倒开[1],波摇石动水萦回[2]。
轻舟泛月寻溪转,疑是山阴雪后来[3]。

其 二

水作青龙盘石堤[4],桃花夹岸鲁门西。
若教月下乘舟去,何啻风流到剡溪[5]。

【注释】

1 天倒开:指天空倒映在水中。

2 石动:指山石倒影在水波中晃动。萦回:萦绕回旋。

3 山阴雪后来:指东晋王徽之雪夜访戴一事。

4 盘:盘绕。

5 何啻(chì):犹言"岂止"。剡溪:位于今浙江省嵊州市南部,《太平寰宇记》:"剡溪在县南一百五十步……即王子猷雪夜访戴逵之所也。亦名戴溪。"

【解读】

《明一统志》说"东鲁门在兖州府城东"。组诗当作于开元二十八年(740),时李白正在兖州(今属山东省)一带漫游。二诗均写诗人于东鲁门外泛舟的感受,既写景色,又写情趣,寓逸兴雅致于优美景色之中,读来有味。二诗具体作法则有同有异。所谓"同",都是前二句写景,而且同写白日落山时府河之景;后二句都写意兴之浓,而且同用王子猷雪夜访戴的典故。所谓"异",一是表现在描写府河景色上。第一首诗是从细处着眼,写诗人从一特殊视角见到的景象。如首句所写"天倒开",即是因目睹蓝天、白云倒映水中而产生的想象,和岑参"分明峰头树,倒插秋江底"(《峨眉东脚临江听猿怀二室别庐》)异曲同工,只是更显得"有飞动凌云之致"(黄叔烁《唐诗笺注》)。次句"波摇石动水萦回","摇"固是实写所见,"石动"实乃波、水激荡石堤之石使人产生的错觉。第二首诗写景则从大处着眼,写水仅以青龙绕堤状其势,写岸也只说桃花夹岸西去而已。二是表现在对月下泛舟情趣的描述上。第一首是从实记感受角度入手,虽用"山阴雪后来"形容其轻舟泛月,循溪而转所得的清境、妙趣。但着一"疑"字,却表明其情其趣只是有如王子猷雪夜乘舟访戴。第二首却从设想角度入手,言"若教月下乘舟去,何啻风流到剡溪",就不单是说出游景况相似,兴致、情趣相似,而且说他风度潇洒、举止高迈不羁,还要超出王之雪夜访戴。前人以为"此诗缀景之妙,如画中神品,气韵

生动,窅然入微"(敖英辑评、凌云补辑《唐诗绝句类选》),其实,此诗尚有遣兴之妙。无论缀景、遣兴,皆不离水、月、泛舟四字,而得益于对雪夜访戴景况、兴致的联想。

游泰山六首（选一）

朝饮王母池[1]，暝投天门关[2]。

独抱绿绮琴[3]，夜行青山间。

山明月露白，夜静松风歇。

仙人游碧峰，处处笙歌发[4]。

寂静娱清晖，玉真连翠微[5]。

想象鸾凤舞，飘飖龙虎衣。

扪天摘匏瓜[6]，恍惚不忆归。

举手弄清浅，误攀织女机[7]。

明晨坐相失，但见五云飞。

【注释】

1　王母池：位于今山东省泰安市环山路东首，龙山水库南，古称"瑶池"。

2　天门关：即南天门，位于泰山十八盘尽头。

3　绿绮琴：古琴名。传说汉司马相如作《玉如意赋》，梁王悦之，赐以绿绮琴。后即用以指琴。

4　笙歌：吹笙唱歌。

5　玉真：道观名。唐睿宗景云二年于泰山置金仙、玉真二观。翠微：指山气轻渺。

6　扪（mén）：抚摸。匏瓜：星名。《史记索隐》："《荆州占》云：瓟瓜，一名天鸡，在河鼓东。瓟瓜明，则岁大熟。"

7　织女机：织女的织布机，系因星名想象而出。织女，织女星。

【解读】

　　此诗原六首，所选为第六首。泰山，又称岱宗、岱山、泰岱，居五岳之首，名为东岳。泰山横卧在今山东省泰安、长清、历城间，山峦绵延约二百公里，主峰为天柱峰（玉皇顶）。诗题一作《天宝三年四月从故御道上泰山》。御道，指的是唐玄宗于开元十三年封泰山时走的道路。诗共六首，都是记游之作。而记游山经历、感受，既写实景，又写诗人因山势之高、景点名称（如天门、日观等）之奇所引发的想象世界。突出特点是从记游仙山的角度来记游泰山。诗中虽然写到玉女、羽人、青童、仙人和诗人的交往，甚至有"安得不死药，高飞向蓬瀛"（其三）；"终当遇安期，于此炼玉液"（其五）一类向往仙境、乐于亲近仙人的诗句，但这都是为了显现泰山景观的神奇和诗人意兴的超迈，并非"表现出这一时期诗人仍有强烈的求仙思想"（郁贤皓《李白选集》）。其六通过写诗人进入天门、夜游泰山的见闻、举止和感受，表现山的高峻、奇妙。方法是在无限夸张山高的同时，将游山写成"游仙"，即将山顶仙境化，在"仙境"中写诗人的活动。开篇"朝饮王母地，暝投天门关"，概言游踪，就已有意借两景观名称所具备的仙家文化意象来营构仙家场景。下写诗人"独抱绿绮琴,夜行青山间",听到"仙人游碧峰,处处笙歌发",和"想象鸾凤舞,飘飖龙虎衣",以及"扣天摘匏瓜,恍惚不忆归。举手弄清浅,误攀织女机",更是以谲奇美妙的想象、极度夸张的言词,写其身在"天门"之上、仙境之中的举止和感受。文笔之空灵,意兴之飘逸,令人叹服。末二句谓"明晨坐相失,但见五云飞",虽将前写仙境归于虚幻,言语中却流露出诗人对夜游仙境的留恋之意,仍然是在写游泰山的感受。

把酒问月

青天有月来几时？我今停杯一问之。

人攀明月不可得，月行却与人相随。

皎如飞镜临丹阙[1]，绿烟灭尽清辉发[2]。

但见宵从海上来[3]，宁知晓向云间没。

白兔捣药秋复春[4]，嫦娥孤栖与谁邻[5]？

今人不见古时月，今月曾经照古人。

古人今人若流水，共看明月皆如此。

唯愿当歌对酒时[6]，月光长照金樽里。

【注释】

1 丹阙：红色宫门。

2 绿烟：月光未明前的烟雾。清辉：月光。

3 宵：夜。

4 白兔捣药：古代神话说月中有玉兔捣药。傅玄《拟天问》："月中何有，白兔捣药。"

5 嫦娥：神话中说嫦娥为后羿之妻，羿从西王母处得不死之药，嫦娥偷食，遂飞升月宫。

6 当歌对酒：即面对歌舞、酒宴。当，对着。

【解读】

此诗"原注"谓"故人贾淳令予问之"。贾淳,其人不详。贾氏所"令",李白所注,似乎都有些说酒话的味道。诗人把酒问月,所提问题并不新鲜,如所问"青天明月来几时",实涉及宇宙生成问题,不但屈原在《天问》中问过,而且周秦两汉的学者对此作过多种探索。就诗而言,张若虚"江畔何人初见月,江月何年初照人"(《春江花月夜》),也已问及同类问题。要之,诗人是借问月抒发一种人生感受,重复的仍是"但愿长醉不愿醒","莫使金樽空对月"的人生理念。而引发他作如此思量的,是他因问月而领悟"今人不见古时月,今月曾经照古人。古人今人若流水,共看明月皆如此",所产生的人生短暂、不如醉饮取乐的感触。上引其问月所悟以及略抒感慨的诗句,虽与张若虚所言"人生代代无穷已,江月年年只相似"(同上)说法大同小异,但李白所言,实与他不得意的人生遭际有关。他是在为自己设计的消愁方式找理由,故接下来就说:"唯愿当歌对酒时,月光长照金樽里。"两句诗实是寓无奈于达观之中,显出诗人头脑的清醒,非"原注"酒话戏言可比。又此诗写诗人问月,既问难以作答、引人深思的问题,也问不必作答、带有游戏性质的问题。一方面说"人攀明月不可得",一方面又说"月行却与人相随",真是"把酒"信口而吟。如此,倒由其不经意而为,形成了诗作质朴、率直、自然的特点。

陪侍郎叔游洞庭醉后三首（选一）

划却君山好[1]，平铺湘水流[2]。
巴陵无限酒[3]，醉杀洞庭秋[4]。

【注释】

1 划（chǎn）：削。君山：在洞庭湖中。

2 湘水：这里指洞庭湖水。

3 巴陵：山名，一名巴丘，位于今湖南省岳阳地区。

4 醉杀洞庭秋：意谓使洞庭秋色为之沉醉。醉杀，即沉醉。"杀"用在动词后，表示程度深。

【解读】

原诗共三首，此为最后一首。侍郎叔，即前刑部侍郎李晔。对此诗首二句"划却君山好，平铺湘水流"，古今解读者有不同说法。或谓此二句"诗豪语辟，正与少陵'斫去月中桂，清光应更多'匹敌"（黄叔灿《唐诗笺注》）。或以为李、杜能为其诗，"胸襟阔大故也，此皆自然流出而不假安排"（罗大经《鹤林玉露》）。附和此说者，亦谓"言划去君山而令湘水平铺，太白胸中放旷、豪迈可见"（吴烶辑注《唐诗选胜直解》）。否定此说者，则谓"洞庭有君山，天然秀致。如划却，是诚趣也。诗情豪放，异想天开，正不须如此说。既如此说，亦何大胸次之有"(陈伟勋《酌雅诗话》引瞿存斋语)。也有人说此乃诗人平日厌恶小人阻塞正道情绪之自然流露，或说此二句本无"含蓄之意"，谓其含蓄则"凿(穿凿附会)"。其实，解读首二句应联系全诗来看，而要明白全诗意兴所在，须顾及诗题"游洞庭醉后"五字，以及组诗"其一"中的"三杯容小阮，醉后发清狂"二句。"其三"所云，正是诗人湖上醉后的清狂之语，句句都未离酒。首二句是以醉眼观湖，觉得君山碍眼，不利于湘水（指湖水）平铺而流，故欲划去以求水面空阔、水势浩瀚。第三句"巴陵无限酒"之"无限"即承"平铺湘水流"而来，而有了"无限酒"，才引出末句所说的醉倒在洞庭秋色之中。全诗虽是诗人醉后率尔道出，却意脉如线，自然贯通，以至四句四见地名亦使人浑然不觉。而出语"清狂"，正显出诗人意兴的超迈；放言无理，却带来了诗趣的奇妙。

陪族叔刑部侍郎晔及中书贾舍人至游洞庭五首

其 一

洞庭西望楚江分[1],水尽南天不见云。
日落长沙秋色远,不知何处吊湘君[2]。

其 二

南湖秋水夜无烟[3],耐可乘流直上天[4]。
且就洞庭赊月色[5],将船买酒白云边。

其 三

洛阳才子谪湘川[6],元礼同舟月下仙[7]。
记得长安还欲笑[8],不知何处是西天[9]。

其 四

洞庭湖西秋月辉,潇湘江北早鸿飞[10]。
醉客满船歌白苎[11],不知霜露入秋衣。

其 五

帝子潇湘去不还[12],空余秋草洞庭间。
淡扫明湖开玉镜,丹青画出是君山。

【注释】

1 楚江分:楚江,长江。长江西来,至今湖北省石首市分两道与洞庭湖汇合而东下。

2 湘君:湘水之神。传说舜的两个妃子娥皇、女英死于江湘之间,为湘水之神,世称湘君。一说舜为湘君。

3 南湖:指洞庭湖。夜无烟:指秋空清澄无染。

4 耐可:怎么能够。

5 赊:借。

6 洛阳才子:贾谊是洛阳人,曾被贬为长沙王太傅。贾至也是洛阳人,此时被贬为岳州(今湖南岳阳)司马。诗中以贾谊指代贾至。

7 "元礼"句:元礼,即李膺,字元礼,东汉颍川襄城(今河南襄城)人。他与郭太交好。郭太还乡时,到河边送行的有几千辆车。郭太惟独与李膺同船渡水,送行的人都很羡慕,以之为仙人。诗中以李膺指代李晔。

8　长安还欲笑:桓谭《新论》:"人闻长安乐,则出门向西而笑。"此句用意表示思念长安。

9　西天:指长安。

10　潇湘北去:实指洞庭湖一带。潇湘,湘水由今广西兴安而至湖南零陵与潇水汇合后,称潇湘。这里指湘江。湘江北去注入洞庭。

11　白苎:六朝时吴地歌舞曲名。

12　帝子:尧帝之子(古代儿女均可称子),指尧的两个女儿、舜的两个妻子娥皇、女英。

【解读】

乾元二年(758),刑部侍郎李晔贬为岭南某县县尉,途经岳阳前往贬所。时贾至(天宝末年任中书舍人)已由汝州刺史贬在岳州作司马,故李白得与二人同游洞庭。此组诗共五首。"其一"写洞庭湖的宏阔景象,既说水面之阔大,又说秋色涵盖之远。末句"不知何处吊湘君",是写洞庭湖上秋色之远,但也有为两位迁客即景兴叹之意。这一关涉人文的缀景之句,无疑会将前写景象置于特有的氛围中,但由于它"写得湘妃之神缥缈无方,而迁谪之感令人于言外得之,含蓄最深"(李瑛辑《诗法易简录》),故全诗仍显得空灵无滞,有神行象外之妙。"其二"写洞庭湖月下泛舟的逸兴,显出湖上月色之妙。前二句写湖上空明澄澈,而使诗人有安能乘流直上青天之想,末二句写他念及天不可乘流而上所萌生的退一步的想法。其思其想皆因湖上月明而起,诗是通过写诗人的遐想联翩,暨逸兴遄飞来衬写湖月之美。"其三"着眼于迁客李晔,写其月下游湖神态、心态。写神态,以东汉名士郭林宗与李膺同舟共济比喻他与贾至同舟游湖,以拟其月下"神仙"风韵,取喻即含礼赞之意。写心态,既谓"记得长安还欲笑",以道其对长安的苦涩思念,又言"不知何处是西天",以道其彷徨无依的失落感,言语中带出诗人的同情心。"其四"写三人月下舟中醉歌,不知霜露已降,以此表现三人意绪的苍凉。由于藏情于景,故耐人寻味者多。唐汝询即言:"秋月未沉,晨雁已起,舟中之客,霜露入衣而不知,岂乐而忘返耶?意必有不堪者在也。"(《唐诗解》)刘辰翁则谓其"自是悲壮"(张含辑评《李杜诗选》)。宋顾乐亦言其"惊心迟暮,含思无限"(王士禛辑《万首唐人绝句选评》)。"其五"写君山之美,首二句以"帝子"点示其意蕴美,后二句直作形容。此诗写湖上天晓之景,故与第一首写日落时游湖之景,皆不及月。五首诗纪游洞庭,写头日傍晚入湖至次日天亮后离湖感受,"章法极有次第可观"(《李太白诗醇》引潘稼堂语)。

登金陵凤凰台

凤凰台上凤凰游,凤去台空江自流。
吴宫花草埋幽径[1],晋代衣冠成古丘[2]。
三山半落青天外[3],二水中分白鹭洲[4]。
总为浮云能蔽日[5],长安不见使人愁。

【注释】

1 吴宫:指三国时吴国的王宫。

2 衣冠:指士大夫。

3 三山:又名护国山,位于今南京市西南长江东岸,山突出江中,以三峰得名。陆游《入蜀记》:"三山,自石头城及凤凰台望之,杳杳有无中耳。及过其下,则距金陵才五十里。"

4 白鹭洲:古代长江中的一个小洲,位于今南京水西门外,现已与陆地相连。据史正志《二水亭记》记载,秦淮河横贯金陵城中,由金陵城西流入长江,而白鹭洲横截其间。

5 浮云:兼指奸邪之徒。陆贾《新语·慎微》:"邪臣之蔽贤,犹浮云之障日月也。"

【解读】

凤凰台旧址位于今江苏省南京市东南凤凰山。传说南朝刘宋元嘉十六年(439)有三只凤凰翔集山间,时人即筑凤凰台于山顶，山亦名曰凤凰山。此诗当作于开元、天宝间，此前崔颢已作《黄鹤楼》。据传，李白登上黄鹤楼，曾说"眼前有景道不得，崔颢题诗在上头"。后效崔诗之调作《鹦鹉洲》，自谓不如，至金陵又作《登金陵凤凰台》。前人多认为李白作《凤凰台》，有与崔诗《黄鹤楼》比试之意，故论其诗多从比较二诗入手。古人多以为李诗不如崔诗自然，不及崔诗超妙，气魄也远逊崔诗。甚至有人说李诗全不如崔诗。也有人说李诗好过崔诗十倍。或说二诗"真敌手棋也"（刘后村语），谓"崔诗直举胸情，气体高浑，白诗寓目山河，别有怀抱，其言皆从心而发，即景而成，意象偶同，胜境各擅"（《唐宋诗醇》）。细言之，则谓"起联有意摹崔，敛四为二，繁简并佳"（《闻鹤轩初盛唐近体读本》引陈德公语），或谓"起二句即崔颢《黄鹤楼》四句意也，太白缩为二句，更觉雄伟"（《瀛奎律髓刊误》引陆贻典语）。谓三、四句"熟滑庸俗，全不似青莲笔气。五、六佳句，然音节不合"（屈复辑评《唐诗成法》）。"一气嘘成，二联仍不及崔"（《唐诗广选》引王元美语）。谓"太白此诗全摹崔颢《黄鹤楼》……惟结句用意似胜"（高步瀛《唐宋诗举要》）。"一结实胜之"（《唐诗选脉会通评林》引周敬语）。"太白结句云：'总为浮云能蔽日，长安不见使人愁'。爱君忧国之意，远过乡关之念。善占地步矣"（瞿佑《归田诗话》）。"'浮云'以悲江左无人，中原沦陷；'使人愁'三字总结'幽径'、'古丘'之感，与崔诗落句语同意别。……太白诗自十九首来，颢诗则纯为唐音矣"（王夫之

《唐诗评选》)。又有从格调、作法作比较者,谓"《黄鹤》、《凤凰》相敌在何处?《黄鹤》第四句方成调,《凤凰》第二句即成调。不有后句,二诗首唱皆浅稚语耳。调当让崔,格则逊李。颢虽高出,不免四句已尽,后半首别是一律,前半则古绝也"(王琦注《李太白全集》引刘后村语)。"若论作法,则崔之妙在凌驾,李之妙在安顿,岂相碍乎",(赵臣瑗辑注《山满楼笺注唐诗七言律》)。前人所论,说法有异而自成其理,读者细加辨析,即知李诗长短所在。

望庐山瀑布二首（选一）

日照香炉生紫烟[1]，遥看瀑布挂前川[2]。
飞流直下三千尺，疑是银河落九天[3]。

【注释】

1　香炉：即庐山的香炉峰。紫烟：指日光照射水气反映出的紫色烟雾。惠远《庐山记略》："东南有香炉山，孤峰秀起，游气笼其上，则氤氲若香烟。"

2　挂前川：挂于前川之上，青玉峡龙潭为瀑布水流受容处，故云。前川，一本作"长川"，指青玉峡龙潭水流。

3　九天：九天之上，极言其高。一本作"半天"。九天即九重天，天的最高层。

【解读】

原诗共二首，此为第二首。苏轼初游庐山，读到徐凝和李白歌咏庐山瀑布的诗，曾应开元寺主持之请作一绝句，云："帝遣银河一派垂，古来惟有谪仙词。飞流溅沫知多少，不为徐凝洗恶诗。"苏轼说的"谪仙词"即指此诗，徐凝之诗则有"千古犹疑白练飞，一条界破青山色"二句。徐诗之"恶"，大抵在于写景了无生气，出语过于平实，虽然也用比喻形容瀑布水，但主要是用来状其形。

说他想象没有起飞，状物未得其神，似不为过。李白此诗首句交代眺望瀑布的位置，描写香炉峰头云雾，就出以想象之词，即名即景造句，显得构思巧妙。但最精彩的，是后二句写瀑布下泻的气势。白描之不足，又取喻以言，使人不单能睹其形，还能想象其蕴含的力量美、气势美。要之，李白"能以一己之精神，融入景物之中"（刘永济《唐人绝句精华》），使得笔下瀑布形神兼具。除七绝外，李白还有一首五古写庐山瀑布。前半谓"西登香炉峰，南见瀑布水。挂流三百丈，喷壑数十里。欻如飞电来，隐若白虹起。初惊河汉落，半洒云天里。仰观势转雄，壮哉造化功。海风吹不断，江月照还空。空中乱潨射，左右洗青壁。飞珠散轻霞，流沫沸穹石"。其中"海风吹不断，明月照还空"二句，凭想象借他物衬写瀑布内在之美，葛立方说是"凿空道出，甚可喜也"（《韵语阳秋》）。又绝句中写瀑布气势所用比喻在五古中已经出现，但七绝的艺术魅力却胜过五古多多。奥妙之一，是七绝主气，而五古偏于体物。就两诗关系而言，七绝之精要，应是出自五古之芜漫。

秋登宣城谢朓北楼

江城如画里[1],山晚望晴空[2]。
两水夹明镜[3],双桥落彩虹[4]。
人烟寒橘柚[5],秋色老梧桐。
谁念北楼上,临风怀谢公[6]。

【注释】

1 江城:指宣城。

2 山:指陵阳山,此山冈峦盘屈,三峰秀拔。

3 两水:指宛溪、句溪,二水绕宣城流过。明镜:形容溪水清澈。

4 双桥:指宛溪上的凤凰、济川二桥。二桥建于隋文帝开皇年间。

5 人烟:指炊烟。此两句化用谢朓诗《宣城郡内登望》:"切切阴风暮,桑柘起寒烟。"

6 谢公:指谢朓。

【解读】

此诗写李白秋登谢朓北楼所见宣州景象,及由此引发的对谢朓的怀念之情。诗中为人称道不已的,是第二、第三两联写景之妙。前人认为二、三联写景如画,是学谢朓手法,或谓"直作宣城语,几不可辨"(《瀛奎律髓汇评》

引冯舒语)。分言之,则谓第二联显得"高华","刻划鲜丽,千古常新";第三联显得"老成","写出秋意,郁然苍秀"。大抵二、三两联所写,是在秋雨初收的某天傍晚登楼所见的宣州风光。首句"江城如画里"写总体印象,二、三联四句分别写四种景色,不但四种景色从首句析出,并且景中所含之情也由首句所生。而写景带出的赏爱之情,又自然引出诗人对谢朓的怀念。可见,此诗写景、抒情上下文都关合得紧。二、三联写景,虽然描绘出一完整画面,若论出语美妙,还是第三联"人烟寒橘柚,秋色老梧桐"二句。"寒"、"老"二字声沉色浓,令人意兴衰飒。但在诗中,却能实字活用,写出宣州秋深郁然苍秀之境界美。"寒"在句中既关涉"人烟",又关涉"橘柚",既可理解为"人烟(即'人家',不用'家'而用'烟',更能使人家之'寒'形象化)"之"寒"显现在橘柚之"寒(主要见于树叶的深碧、茂密)"上,也可理解为橘柚之"寒"出自"人烟"之"寒",或理解为"人烟"、"橘柚"都处于寒凉的氛围中。"老"在句子既关涉"秋色",也关涉"梧桐",既可理解为"秋色"之"老"显现在"梧桐"之"老(主要见于树叶枯黄、凋谢)"上,也可理解为梧桐之"老"原本出自"秋色之老",或理解为"秋色"、"梧桐"都处于"老"境。显然,句中"寒"、"老"归宿的不确定性,所带来的理解上的歧义性,对丰富诗中意象之美以至造成风神散朗,是有益的。

望天门山

天门中断楚江开[1],碧水东流至此回[2]。
两岸青山相对出,孤帆一片日边来。

【注释】

1 楚江:指长江。今安徽省当涂县战国时属楚,故此段长江可称楚江。

2 至此回:一作"至北回",一作"直北回"。长江流至当涂,突然向北拐转。

【解读】

天门山位于今安徽省当涂县西南二十里长江两岸,东为博望山,西为梁山,合称天门山。诗名《望天门山》,实写诗人乘舟经过博望、梁山所夹江水见到的山水风光。"碧水东流至此回",着一"此"字,就点明诗人乘船经过的水域正在两山所夹的长江中间。首句"天门中断楚江开",既可说是船入天门山水域之前,诗人遥望所见的印象,也可说是船入天门山水域时,诗人的直接感受。后二句则全是写船行天门山水域,诗人望山眺水所见的景象。全诗以写景胜,真能做到"状难写之景如在目前"(梅尧臣语)。其写景之妙,除前二句能概括地描述江出天门的地貌特征和江面水流旋转的特点外,重要的是后二句从动态角度写出了两山隔江对峙的神态,和下游"孤帆"远来的神韵。两句诗写一"出"一"来",相互映衬得好。但诗中写景的中心点仍在天门山,写"孤帆"远来固然是开拓诗的境界,其实也是在写天门形胜。

客中作

兰陵美酒郁金香[1],玉碗盛来琥珀光[2]。
但使主人能醉客,不知何处是他乡。

【注释】

1 兰陵:地名,位于今山东省枣庄市。郁金香:一种香草。古人用以浸酒,浸后酒色金黄。
2 琥珀光:形容酒的光泽如同琥珀。琥珀,一种树脂化石,呈黄色或赤褐色,色泽晶莹。

【解读】

这是一首写饮酒的诗,也是一首抒发客中之愁的诗。前二句"兰陵美酒郁金香,玉碗盛来琥珀光",极写酒美;后二句"但使主人能醉客,不知何处是他乡",则写诗人面对主人盛情款待的内心感受。意谓但愿主人能使客人醉饮一场,只醉到自己全无身在他乡之感。前人说诗的第三句,乃诗人故意不说主人不能"醉客",偏说"主人能醉客",而加以"但使"二字,实属"皮里阳秋"(《李太白诗醇》引潘稼堂语)。又有人说此诗能得"太白豪放"之仿佛,其实李白并不是要用诗评判主人是否"能醉客",他只是借对主人所备酒宴的议论,表达他漂泊他乡的痛苦心情。显然,其内心之苦是一种难以忍受的痛苦,正因不堪其苦,所以才渴望用醉饮使自己忘记异乡为客的现实处境。故末句出语愈是旷达,愈是让人觉得他客中之苦沉痛。

南流夜郎寄内

夜郎天外怨离居[1],明月楼中音信疏。
北雁春归看欲尽,南来不得豫章书[2]。

【注释】

1 夜郎:郡名,天宝元年改珍州为夜郎郡,治所位于今贵州省正安县西北。
2 豫章:郡名,天宝元年改洪州为豫章郡,治所位于今江西省南昌市。

【解读】

流,流放。内,指妻室,此处指宗氏夫人,当时宗夫人正寓居豫章(今江西省南昌市)。此诗作于流放途中,时间当在乾元二年(759)春天。诗为寄内之作,表面上看,诗人对妻子疏于作书有埋怨意,实则反映出他在流放途中对妻子深切思念的心情。诗的好处是写思念之苦而取境壮阔,说二人所处之地所用名称意蕴深厚,又能用感人的细节表达情意。如首二句,有意将豫章"明月楼"和"夜郎天外"对举,就借空间辽阔难以度越衬写出夫妻远别之苦。又诗人本在流放途中,偏不说某一实际所在地,却说"夜郎天外",就把诗人的迁客身份和流放"天外"的孤寂感、凄厉感都带出来了;而用"明月楼"说妻子所在地,分明有借曹植所言"明月照高楼,流光正徘徊。上有愁思妇,悲叹有余哀"(《七哀》),或张若虚所言"何处相思明月楼"(《春江花月夜》)中"明月楼"的传统意象,写出妻子为夫君远谪悲愁不已,相思不已的作用。这样,"明月楼中音信疏",就不单于妻疏于作书略有埋怨,更于妻的相思生愁有怜惜之意,以至成了急切得到妻子音信的原因。说诗中妙用细节描写表达情感,自然是指后二句中的"北雁春归看欲尽"而言。鸿雁传书,诗人看北雁春归,表达的是想得到妻子来信的心情。句中"看欲尽"传神。一队又一队大雁从空中飞过,他几乎把一队又一队北归大雁都看遍了,都始终未等到那只传递妻子书信的雁!希冀、等待、祈盼、焦虑、失望,三个字多么生动地映现出诗人情思流动的过程,说明作为流放者的夫君,李白盼妻之书的心情,到了何等急切的地步!这就是诗中细节描写的力量。如果要从唐宋诗词中找有类似此句艺术魅力的句子,大概温庭筠的"过尽千帆皆不是"(《望江南》),差可比拟,只是温词还嫌"直露"了一些。

上三峡

巫山夹青天,巴水流若兹[1]。
巴水忽可尽,青天无到时。
三朝上黄牛[2],三暮行太迟。
三朝又三暮,不觉鬓成丝。

【注释】

1 巴水:诗中指长江三峡流水。

2 黄牛:地名,即黄牛山或称黄牛峡,下有黄牛滩。位于今湖北省宜昌市西,以水流迂回曲折著称。南岸高崖有石如人负刀牵牛之状。船行两日两夜,犹能望见此石,故民谣云:"朝发黄牛,暮宿黄牛。三朝三暮,黄牛如故。"

【解读】

三峡,指长江大三峡,即瞿塘峡、巫峡和西陵峡。诗当作于乾元二年(759)春。诗题"上三峡",实写上巫峡。由于诗人是以流谪者的身份途经三峡,故写上三峡之难,不但写出了水路险恶给行船带来的艰难,还写出了诗人远谪途中的愁惨心理。诗中前四句写巫峡水道狭窄,峡壁山高入云,唯见青天一线,"夹"字用得形象。"巴水忽可尽",是写船行峡中对峡道弯曲产生的错觉。"青天无到时",当然是老实话。但诗人言此,虽是为了和首句意思呼应,更多的却是渲染一种气氛,写出上三峡之难如上青天的感觉。后四句即以黄牛峡的难以渡越为例以写其难,措词则从古谣"朝发黄牛,暮宿黄牛。三朝三暮,黄牛如故"中来。唯"不觉鬓成丝"一句,是他自言其愁的慨叹语。全诗不但后四句造语沿袭古歌谣的叠词叠字,前四句也有一词两用的特点,使得诗风质朴、不乏爽直之气。又诗中用韵,不求音调宏壮,唯取迟滞之音,如钟惺所说"声响似峡中语"(《唐诗归》),显然,如此选韵,是为了和所写感受情调一致。

与史郎中钦听黄鹤楼上吹笛

一为迁客去长沙[1],西望长安不见家。
黄鹤楼中吹玉笛,江城五月落梅花[2]。

【注释】

1 一为:一旦成为。去长沙:用贾谊被贬为长沙王太傅的典故。说自己流放夜郎事。去,前往。
2 江城:指武昌城。落梅花:即《梅花落》,汉乐府横吹曲名。

【解读】

史郎中钦,一作"史郎中饮"。郎中,唐代尚书省所属六部各司长官之职。史钦,其人事迹不详。读李白《江夏使君叔席上赠史郎中》所云:"昔放三湘去,今还万死余。仙郎久为别,客舍问何如。涸辙思流水,浮云失旧居。多惭华省贵,不以逐臣疏。复如竹林下,而陪芳宴初。"知李白遇赦后,史郎中对他十分关心,并曾与他会饮于江夏。此诗则写于李白贬往夜郎,途经武昌之时。就思维逻辑而言,一、二句所言自有因果关系,叙说中含有无限慨叹。首句说自己远谪,出语也是说因道果,而用汉代贾谊贬官长沙说自己贬官夜郎,实"暗寓为自己参加李璘幕府一事进行辩解之意在内"(沈祖棻老师语)。次句中

"不见家"的"家",并非家室之家。当时,李白的妻子宗氏和孩子们都留在今江西一带,并不在长安。诗人是把他政治上的归宿地称为家。"西望长安不见家","这句诗写的实质上是眷恋朝廷之意,也就是所谓去国之情"(同上)。诗人言此,带有很深的失望之感和无奈心情。三、四句正是在抒发惆怅意绪的基础上,写诗人听黄鹤楼中传来的笛声的感受,大有身为迁客本自愁,更哪堪闻《梅花落》之意。第四句中的"落梅花",是因闻笛曲《梅花落》产生的想象之词。诗以纷纷扬扬飘落的梅花,形容笛声悠悠扬扬传遍江城,实将听觉形象转化为视觉形象,用的是通感手法。仔细体味,"江城五月落梅花"一句,不单妙在摹写音乐生动,还在于巧借笛曲的乡愁情韵和梅花飘落带出的寒凉氛围,衬写出诗人心绪的寥落。

早发白帝城

朝辞白帝彩云间,千里江陵一日还[1]。
两岸猿声啼不尽[2],轻舟已过万重山[3]。

【注释】

1 江陵:今湖北省江陵县。郦道元《水经注·江水》:"有时朝发白帝,暮至江陵。其间千二百里,乘奔御风,不以疾也。……每至晴初霜旦,林寒涧肃,常有高猿长啸,属引凄异,空谷传响,哀啭久绝。故渔者歌曰:巴东三峡巫峡长,猿鸣三声泪沾裳。"

2 啼不尽:一本作"啼不住"。

3 轻舟已过:一本作"须臾过却"。

【解读】

白帝城,位于今重庆市奉节县东瞿塘峡入口北岸白帝山上。西汉末年公孙述据蜀为王,自称白帝,建城于山,故城名白帝。此诗为李白乾元二年(759)流放夜郎、途经白帝城遇赦时所作,表达的是诗人意外获赦的狂喜心情。读这首诗,人们常想到《水经注·江水》中说的"或王命急宣,有时朝发白帝,暮到江陵,其间千二百里,虽乘奔御风,不以疾也。……每至晴初霜旦,林寒涧肃,常有高猿长啸,属引凄异,空谷传响,哀啭久绝"。这段文字说峡江水流湍急、猿声凄异，描叙生动，对李白构思此诗自有影响。但诗人只是借用它所提供的某些文献资料，来表现真切的人生感受。诗的突出特点是一气奔放，出语洒脱、流利，笔势迅如出峡之水，但又有疾有缓，而诗人运笔殊不经意，似不着一点气力，自然而然。大抵前二句直从《水经注》"朝发白帝，暮到江陵"来，以散句为韵语，不单说出船行之迅捷，还带出诗人东还江陵的喜悦心情，隐括得妙。后二句为"千里江陵一日还"下注脚，即细写其江行经历和感受。第三句垫得好，一是好在"能缓"，前二句笔势峭急，至此一缓，再续以"能疾"之句，就不会直冲而无味。二是好在为第四句布景设色，"啼不尽"与"已过"呼应，不但显出舟行之疾，还映现出诗人因狂喜而略显得意的神态。可以说，有了第三句，才有全诗的精神飞越。如刘永济老师所说："'两岸猿声'句，虽小小景物，插写其中，大是为末句生色。正如太史公于叙事紧迫中，忽入一二闲笔，更令全篇生动有味。"（《唐人绝句精华》）

苏台览古

旧苑荒台杨柳新[1],菱歌清唱不胜春[2]。
只今惟有西江月[3],曾照吴王宫里人。

【注释】

1　旧苑:指吴王的长洲苑,故址位于今江苏省苏州市西南。
2　菱歌:采菱时所唱歌曲。
3　西江:泛指流经今江西、江苏二省内的长江。

【解读】

苏台即姑苏台,台址位于今江苏省苏州市姑苏山。台为春秋时代吴王阖闾所建,为吴王夫差游乐之地,后为吴太子友焚毁。此诗伤今思古,感慨深而语极凄婉。前二句写今日所见景象,已含当年吴宫美女不可复见之意。三、四句妙在不从不能见角度着笔,却从今日之月曾照吴宫美女写起,越发显出吴宫美女今日之不可见。而用叹息语气很重的"只今惟有"四字领起转折句,更加深了诗的感慨意味。沈祖棻老师说此诗"着重写今日之荒凉,以暗示昔日之繁华,以今古常新的自然景物来衬托变幻无常的人事,见出今昔盛衰之感"(《唐人七绝诗浅释》),可以说是对此诗艺术手法的概括。对此诗的具体分析,则请读她

下面一段文字："此诗一上来就写吴苑的残破，苏台的荒凉，而人事的变化，兴废的无常，自在其中。后面紧接以杨柳在春天又发新芽，柳色青青，年年如旧，岁岁常新，以'新'与'旧'，不变的景物与变化的人事，作鲜明的对照，更加深了凭吊古迹的感慨。一句之中，以两种不同的事物来对比，写出古今盛衰之感，用意遣词，精炼而又自然。次句接写当前景色，青青新柳之外，还有一些女子在唱着菱歌，无限的春光之中，回荡着歌声的旋律。（不胜本是负担不起或禁受不住的意思，这里引申作十分、无限解。）杨柳又换新叶，船娘闲唱菱歌，旧苑荒台，依然弥漫着无边春色，而昔日的帝王宫殿，美女笙歌，却一切都已化为乌有，所以后两句便点出，只有悬挂在从西方流来的大江上的那轮明月，是亘古不变的；只有她，才照见过吴宫的繁华，看见过像夫差、西施这样的当时人物，可以作历史的见证人罢了。"（同上）

越中览古

越王勾践破吴归[1],义士还家尽锦衣。
宫女如花满春殿,只今惟有鹧鸪飞[2]。

【注释】

1　破吴归：越王勾践在公元前473年灭吴,凯旋。
2　鹧鸪：鸟名。形似母鸡,头如鹑,胸有白圆点如珍珠,背毛有紫赤浪纹。叫声凄厉,音如"行不得也哥哥"。

【解读】

越中,指今浙江省绍兴市一带。唐代越州,治所位于今绍兴市。春秋时代,吴越争霸南方。公元前494年,越王勾践为吴王夫差所败,回国之后,卧薪尝胆,发奋图强,终于在公元前473年灭了吴国。刘永济老师说此诗与《苏台览古》"皆为吊古之作,前首从今月说到古宫人,后首从古宫人说到今鹧鸪,皆以见今昔盛衰不同,令人览之而生感慨,而荣华无常之戒即寓其中"(《唐人绝句精华》)。刘老师说出了此诗寓意所在,并将它和《苏台览古》在艺术手法上作了比较。沈祖棻老师对此诗立意和艺术特点也有精到的分析,值得一读。她说:"他选取的不是这场斗争的漫长过程中的某一片断,而是在吴败越胜,

越王班师回国以后的两个镜头。首句点明题意，说明所怀古迹的具体内容。第二、三两句分写战士还家，勾践还宫的情况。消灭了敌人，雪了耻，战士都凯旋了，由于战事已经结束，大家都受到了赏赐，所以不穿铁甲，而穿锦衣。只'尽锦衣'三字，就将越王及其战士得意归来，充满了胜利者的喜悦和骄傲的神情烘托了出来。越王回国以后，踌躇满志，不但耀武扬威，而且荒淫逸乐起来，于是，花朵儿一般的美人，就站满了宫殿，拥簇着他，侍候着他。也只写这一点，就将越王将过去的卧薪尝胆的往事丢得干干净净表达得非常充分了。都城中到处是锦衣战士，宫殿上站满了如花宫女，（'春殿'的春字，应上'如花'，并描摹美好的时光和景象，不一定是指春天。）这是多么繁盛、美好、热闹、欢乐，然而结句突然一转，将上面所写的一切一笔勾销。过去曾经存在过的胜利、威武、富贵、荣华，现在还有什么呢？人们所能看到的，只是几只鹧鸪在王城故址上飞来飞去罢了。这一句写人事的变化，盛衰的无常，以慨叹出之。过去的统治阶级莫不希望他们的富贵荣华是子孙万世之业，而诗篇却如实地指出了这种希望的破灭，这就是它的积极意义。……诗前面所写过去的繁华与后面所写现在的冷落，对照极为强烈，前面写得愈着力，后面转得也就愈有力。为了充分地表达主题思想，诗人对这篇诗的艺术结构也作出了不同于一般七绝的安排。一般的七绝，转折点都安排在第三句里，而它的前三句却一气直下，直到第四句才突然转到反面，就显得

格外有力量，有神采。这种写法，不是笔力雄健的诗人，是难以挥洒自如的。"（《唐人七绝诗浅释》）

夜泊牛渚怀古

牛渚西江夜[1],青天无片云。
登舟望秋月,空忆谢将军[2]。
余亦能高咏,斯人不可闻。
明朝挂帆席[3],枫叶落纷纷。

【注释】

1 西江:指牛渚所在的长江。

2 谢将军:东晋谢尚,今河南省太康县人,官镇西将军。他在镇守牛渚时,有一次秋夜泛舟赏月,适逢袁宏在运租船中诵读自己写的《咏史》诗,听后大加赞赏。由于谢尚的称美,袁宏自此名誉日盛。

3 帆席:即船帆。

【解读】

牛渚,山名,今名翠螺山,位于安徽省马鞍市西南七公里长江南侧。山北部突入江中,称为牛渚圻,又名采石矶,唐时设津渡于此。此诗题下原注云:"此地即谢尚闻袁宏《咏史》处。"诗人夜泊牛渚怀古,即因遥思当年谢、袁际会触动心绪所致。诗的前四句,写朗朗秋夜登舟望月,落脚点在"空忆谢将军"一句。其中写景大有牛渚圻还是那个牛渚圻,江夜还是那样的江夜,甚至秋月还是那轮秋月,可自己却只能白白地忆念那位乐意推挽后生的谢将军的意思。何以有如此感慨?原来"余亦能高吟,斯人不可闻"。当然李白真正感到失望的,并不是自己能像袁宏那样高声讽诵自己的诗篇,而谢尚却听不到(这是永远不可改变的事实),他感到失望的是自己怀才在胸,却没有袁宏那样的机遇,能遇到像谢尚那样善于识别人才、乐于援引后进的人物。联想他频频上书居高位者以求荐举,终未如愿以偿,其失望所隐含的孤寂、惆怅之感,是可以想见的。末二句"明朝挂帆席,枫叶落纷纷"出语凄然,正是以叙事、写景映现其愁思的流动,他的孤寂、惆怅无不渗透于所写事、景之中。这是一首五言律诗,但诗人是用作五言古诗的方法作五律。全诗八句,一气呵成,一句接一句,不作对仗,但用字尽合五律平仄。此诗纯乎律调而通体不对,或谓以古诗为律,是盛唐古律中一种类型的代表作(另一种类型是变律调而通体有对有不对者)。正因其通篇皆用单句,纯任一气旋折,加上偶露意绪即借事、借景以作渲染,故诗有"羚羊挂角,无迹可求"之妙。

月下独酌四首（选一）

花间一壶酒，独酌无相亲。
举杯邀明月，对影成三人[1]。
月既不解饮，影徒随我身。
暂伴月将影[2]，行乐须及春。
我歌月徘徊，我舞影零乱。
醒时同交欢，醉后各分散。
永结无情游[3]，相期邈云汉[4]。

【注释】

1 对影：陶渊明《杂诗》："欲言无余和，挥杯劝孤影。"三人：指自己、月和影。

2 将：与，和。

3 无情游：月与影都无感情，故称无情游。

4 邈：遥远。云汉：天河。

【解读】

李白诗集中以饮酒为题者甚多，有写盛宴聚饮者，有写与人对饮者，也有写独酌者。《月下独酌》四首，可以说是其独酌诗中的代表作。此选第一首。诗将月下独酌写得热闹，实则表现出他的孤寂感。因为真实情况是："花间一壶酒,独酌无相亲。""月既不解饮,影徒随我身。"他的"举杯邀明月,对影成三人","暂伴月将影,行乐须及春。我歌月徘徊,我舞影零乱"。不过是自寻其乐,自解其闷。诗人的意绪、感受以及遣兴方式、想象思路,都与陶渊明《杂诗八首》第二首所说"白日沦西阿,素月出东岭。……欲言无予和,挥杯劝孤影",有相似处。此诗不但想象奇妙,写人传神,而且造句亦工。

越女词五首（选一）

耶溪采莲女[1]，见客棹歌回[2]。
笑入荷花去，佯羞不出来。

【注释】

1 耶溪：若耶溪，传说为西施浣纱处。《寰宇记》："若耶溪在会稽县（今浙江省绍兴市）东二十八里。"
2 棹歌：划船时所唱的歌。棹，船桨。回：折转。

【解读】

《越女词》五首，除第一首外，其他四首都是写越地女孩子水上生活的情趣。此选其第三首。比较而言，此诗写采莲姑娘的情感、神态，最为细腻、生动。刘永济老师说此诗"体情"，能"极其妙"，并说由此"可见诗人笔具造化，塑造形象，皆栩栩如生"（《唐人绝句精华》）。此诗"体情"能"极其妙"，关键是抓住能充分表现采莲女情思、神态的细节，作点睛式的描绘。诗写耶溪采莲姑娘"见客（这'客'应是一位青年男子）"时想与他交往，又不想与他交往或以不想与他交往的形式表达想与他交往的情思，最重要的动作就是"见客棹客回"，即一见到那位青年人就唱着船歌，折转船头避开。"笑入荷花去，佯羞不出来"，不过是对她这一举动的细致描摹。"笑入荷花去",从动态角度展现了采莲姑娘的美丽(笑着撑船已显露其美,鲜艳的荷花簇拥着灿烂的笑容更衬托出她的美),也露出她灵巧而又矜持的个性特征。但她为何"笑入"即她"笑入荷花去"的真实情感是什么,尚未挑明。"佯羞不出来",便说出了她"笑入"的情感动因,同时也显露出她为矜持所掩的活泼、开朗甚至有些调皮的一面。这样就把人物写活了,不单能使人想象其外在的美,还能使人窥见她一颗少女的心。显然,论诗中细节描写之妙,不可忽略"笑入"、"佯羞"四字,而后者尤其重要。因为"非'佯羞'二字,说不出'笑入'之情"(钟惺《唐诗归》)。此诗写法受到南朝民歌影响,若诗人没有生活体验,恐怕很难写出如此平易、传神的妙句。

独坐敬亭山

众鸟高飞尽,孤云独去闲。
相看两不厌[1],只有敬亭山。

【注释】

1 两不厌:指诗人和敬亭山而言。

【解读】

敬亭山,又名昭亭、查山,位于今安徽省宣城市北。李白盘桓于宣城时(天宝十二载、十三载)即住在敬亭山下。所谓"我家敬亭下,辄继谢公作"(《游敬亭寄崔侍御》)。此诗写诗人独坐山下的感受。表面上看,诗中突出的是他与敬亭山的"相看两不厌",显现的是诗人"心中无事,眼中无人"(钟惺《唐诗归》),实则于其遗世、痴迷处,散发出他的愤世之情。全诗紧扣"独坐"着笔,前二句写独坐所见,后二句写独坐所感,而写所见对写所感有衬托作用。写所见,已显出"独坐"之"独";写所感,虽不从"独"处写,而说"相看两不厌",实借貌似热闹的"不独"写出诗人心中之"独"。末句"只有"二字下得沉重。对此诗的理解,前人有两种看法,一是认为纯写独坐之景,表达的是诗人对山水之趣的领略;二是认为乃"贤者自表其节,不肯为世推移也"(黄生《唐诗摘抄》)。

细论诗中寓意者，有谓"首句'众鸟'喻世间名利之辈，'高飞尽'言皆得意去，尽为'独'字写照。'孤云'喻世间高隐一流，'独去闲'言虽与世相忘，而尚有往来之迹。'独'字非题中'独'字，应上句'尽'字"（朱宝莹《诗式》）。"后二句以山为喻，言世既与我相遗，惟敬亭山色，我不厌看，山亦爱我。夫青山漠漠无情，焉知憎爱，而言不厌我者，乃太白愤世之深，愿遗世独立，索知音于无情之物也"（俞陛云《诗境浅说续编》）。或谓"曰'两不厌'，便觉山亦有情，而太白之风神，有非尘俗所得知者，知者其山灵乎"（刘永济《唐人绝句精华》）。前人所言，可能过于求实，但此诗独抒性灵，别有意味，是一品即知的。读此诗不可忽略一、二句中"尽"字、"闲"字乃第三句"不厌"之魂，更应在"两不厌"之"两"字、"只有敬亭山"之"只有"二字上体味诗人心境。

哭晁卿衡

日本晁卿辞帝都[1],征帆一片绕蓬壶[2]。
明月不归沉碧海,白云愁色满苍梧[3]。

【注释】

1　帝都:指长安。

2　蓬、壶:蓬莱、方壶,传说中的海上仙山。

3　苍梧:山名,即海上郁洲(今江苏省连云港市花果山),传说此山由苍梧(九疑山)徙来。

【解读】

哭,吊唁。晁衡,日本奈良时代遣唐留学生阿倍仲麻吕的中国名字。他于开元五年(717)来华,时年二十。天宝十二载(753)任秘书监,兼卫尉卿。同年十二月随遣唐使藤原清河经扬州乘船东归,遇暴风,漂至安南欢州。天宝十四载六月重回长安,大历五年(770)在长安去世。天宝十三载,李白在扬州,听说晁衡在海上遇难失踪,误以为其人已亡,而作此诗。诗的前二句说晁衡辞京乘船渡海归去,"征帆一片"云云,不但说得形象,还使人感到前途堪忧,隐然带出令人不安的气氛。后二句写诗人的悼念之情,则通过叙事、写景完成。其中"明月不归沉碧海",是用比喻叙晁衡溺水而亡之事。诗人常用晶莹圆润的夜光珠明月比喻品格高洁,才能杰出的人,如《古风》其十即谓"齐有倜傥生,鲁连特高妙。明月出海底,一朝开光耀"。此诗将晁衡喻为明月宝珠,说明李白十分赏爱他的品格和才干,称"明月不归"云云,显然含有诗人对这位德才兼备的异国友人不幸遇难的痛惜之意。下言"白云愁色满苍梧",形容哀愁深广,即承此痛惜之意而来。诗以惨淡的云笼罩苍梧之山喻愁,说"苍梧"虽就海上郁洲(又名苍梧山)而言,又使人想到那座因舜死其地、娥皇、女英泪洒斑竹而深具悲愁意蕴的苍梧山(又名九疑山)。今人读这句诗,尚能想象李白内心伤悲、愁思绵绵的神态,不知当日晁衡脱险北归读到此诗时作何感想。

听蜀僧浚弹琴

蜀僧抱绿绮[1]，西下峨眉峰。
为我一挥手，如听万壑松[2]。
客心洗流水，余响入霜钟[3]。
不觉碧山暮，秋云暗几重。

【注释】

1 绿绮：古琴名。传说司马相如作《玉如意赋》，梁王悦之，赐以绿绮琴，后即以绿绮指琴。傅玄《琴赋序》："司马相如有绿绮，蔡邕有焦尾，皆名器也。"

2 万壑松：万壑松涛声。壑，山谷。

3 入霜钟：谓琴钟共鸣，琴的余音与霜钟之声相合悠悠不尽。霜钟，《山海经·中山经》记载，丰山有九钟，霜降则钟鸣。

【解读】

蜀僧浚，其人不详。李白有《赠宣州灵源寺仲浚公》诗，有学者疑"仲浚"即此诗中的"蜀僧浚"。若是，则浚公不但擅长琴术，而且"风韵逸江左，文章动海隅。观心同水月，解领得明珠"。此诗写浚公琴音之妙，主要从写"我"之听觉感受（也可以说是审美效应）入手，但诗中叙事也极富诗意，而且出语爽利、挺脱，带出一种雅兴逸气。连读"蜀僧抱绿绮"以下四句，不能不佩服诗人工于运思，精于裁剪。仅仅用二十个字，就把浚公身份、来历以及为"我"鼓琴、琴音清越、宏远动人，交代得清清楚楚。诗中省掉了浚公离蜀漫游的种种过程，直说他抱琴来弹，仿佛他下峨眉山，专门是来为李白弹琴似的，而且是来即"为我一挥手"，何等豪爽，何等大方！前人说开头二句"言蜀僧抱古琴自峨眉而下，已有'入门下马气如虹'之概"（俞陛云《诗境浅说》），甚是。要补充的是，诗人巧妙运思、裁剪，写出浚公气概如虹的精神状态，对写琴曲境界之美自有映衬作用。故三、四句即因人如虹之气而写出琴音的宏远之势。"万壑松"，显然写的是琴音的气势美。风入松林，松涛本自清越，万壑松涛奔涌，则声响动地惊天，而且迭相起伏，有绵延不绝之势。从诗中可以看出，"如听万壑松"只是诗人初闻浚公琴音的感受，事实上，浚公琴声还有逸韵悠扬、余音缭绕的一面，如同霜钟长鸣，音响虽然越来越低沉，韵味却越来越浓。诗人为之叹服的，正是浚公琴音所具有的多层面的美。所以就诗意而言，"余响入霜钟"与"如听万壑松"两句是从写始闻、终闻角度，合写琴声之美。更能见出琴音艺术魅力的，是"客心洗流水"以及末联"不觉碧山暮，秋云暗几重"二句。"客心"句是说琴音使诗人忘掉了旅愁，称赞的是音乐超尘脱俗的境界美。而用流水洗心作比，实在形容得好。不单显出音乐境界高远，有移人心性的作用，同时也写出了诗人欣赏琴音时的愉悦感、满足感。末联二句

是进一步写诗人听琴心醉,因为陶醉其中,故感觉不到时光消逝,不知暮色入山、秋云深深。无疑,诗中如此表现诗人"听蜀僧浚弹琴"的感受,也是在说浚公琴音的美妙。全诗语若贯珠,看似随口道来,却能细言听琴的真切感受,妙在出语自然而不废炼句之工。或如高步瀛所说:"(此诗)一气挥洒,中有凝炼之笔,便不流入轻滑"(《唐宋诗举要》)。

嘲鲁儒

鲁叟谈五经[1],白发死章句[2]。
问以经济策[3],茫如坠烟雾。
足着远游履,首戴方山巾[4]。
缓步从直道,未行先起尘。
秦家丞相府[5],不重褒衣人[6]。
君非叔孙通[7],与我本殊伦。
时事且未达[8],归耕汶水滨[9]。

【注释】

1 鲁叟:指鲁地年老的儒生。五经:指《周易》、《尚书》、《诗经》、《仪礼》、《春秋》。

2 章句:章句之学。研究分析儒家经典的章节和句读,并加以解说。

3 经济策:经国济民之策,即治理国家的谋略。

4 方山巾:古儒者所戴软帽,形似方山冠,上下方正。

5 秦家丞相:指李斯,他曾建议焚书。

6 褒衣人:指儒生。褒衣,古代儒生穿的一种宽大衣服。

7 叔孙通:西汉初年薛地(今山东省滕州市)人。

刘邦即位后，他到故乡召集儒生，去为刘邦制定朝廷礼仪。当时有两个人不肯去，认为不合古制。叔孙通便骂他们"鄙儒，不知时变"。

8 "时事"句：汉宣帝尝谓"俗儒不达时宜"（《汉书·宣帝本纪》）。达，通晓。

9 汶水：位于今山东省中部，源出山东省莱芜东北，西南注入济水。

[解读]

此诗"鲁叟谈五经"四句，嘲笑鲁地老儒生的只知死守章句，不懂经国济民之策。"足着远游履"四句，描摹"鲁叟"作为书呆子的迂腐形象，类似今日的漫画。"秦家丞相府"四句，在鲁儒和"我"之间划一界限，表明"我"与鲁儒并非同一类人。最后二句，仍是讥嘲鲁儒，言其不晓时事，不知应时而变、为时所用，理当回到汶水之滨去种田。古代诗歌讥讽儒生的诗，著名的有阮籍的《咏怀·洪生资制度》。不过，阮诗是从玄学家尚真的观念出发，讽刺"洪生（即鸿儒）"拘于礼法、为人虚伪、表面言论高尚、内里行为卑劣的德行。所谓"外厉贞素谈，户内灭芬芳。放口从衷出，复说道义方。委曲周旋仪，姿态愁我肠"。李白的诗讥嘲鲁儒，虽然说到"秦家丞相府，不重褒衣人"，似有看重法家人物李斯之意。其实，这两句和下言"君非叔孙通"一样，都是在讲"鲁叟"的死守章句，不切世用，并未否定鲁儒服膺的儒学。而说"鲁叟""与我本殊伦",所谓"殊"也不是指是否信奉儒学而言。说到底,李白讥嘲鲁儒只是对儒家一种学风的批判,从批判中可以看出他对学者学以致用、适时应变、灵活解决经国济民问题能力的重视。同是讥嘲儒生,阮诗多讽刺语,出语尖刻;李诗则多诙谐语,有点"以儒为戏"的味道。

春夜洛城闻笛

谁家玉笛暗飞声,散入春风满洛城。
此夜曲中闻折柳[1],何人不起故园情。

【注释】

1 折柳:即《折杨柳》,汉横吹曲名。其辞多抒发惜别怀远之情。

【解读】

这首诗作于开元二十二年(734),诗人时在洛阳。诗通篇都写笛声动人,表达的是诗人春夜洛城闻笛的思乡之感。曲名《折柳》乃诗中关键,而"何人不起故园情",正包含诗人在内。此诗与《与史郎中钦听黄鹤楼吹笛》同以听笛为题,一是知吹笛者在黄鹤楼上,故有心听之,写法则是先写所感,后写所闻;一是不知吹笛者在何处,只是无意闻知,写法则是先写所闻,后写所感。两首诗都出语自然,意远字精。此诗用字尤为细密,不单句中用字相承相续如流水不断,而且字意和题面扣合得紧。前者如一、二句中,"满"从"散"来,而"散"从"飞"来。后者如首句"谁家"起题中"闻"字,"暗"字起"夜"字,"飞声"二字起"闻"字。第二句"散"字、"满"字写足"闻"字之神,第三句点出"夜"字,第四句点出"闻笛"感受。

万愤词投魏郎中

海水渤潏[1],人罹鲸鲵[2]。蓊胡沙而四塞[3],始滔天于燕齐。何六龙之浩荡,迁白日于秦西[4]。九土星分[5],嗷嗷凄凄。南冠君子[6],呼天而啼。恋高堂而掩泣,泪血地而成泥。狱户春而不草,独幽怨而沉迷。兄九江兮弟三峡,悲羽化之难齐[7]。穆陵关北愁爱子[8],豫章天南隔老妻[9]。一门骨肉散百草,遇难不复相提携[10]。树榛拔桂[11],囚鸾宠鸡。舜昔授禹,伯成耕犁[12]。德自此衰,吾将安栖。好我者恤我,不好我者何忍临危而相挤。子胥鸱夷[13],彭越醢醯[14]。自古豪烈,胡为此繄[15]。苍苍之天,高乎视低。如其听卑,脱我牢狴[16]。傥辨美玉,君收白珪[17]。

【注释】

1 渤潏(juē):海水沸涌之状。

2 罹(lí):遭逢。鲸鲵:凶猛的大鱼,雄性为鲸,雌性为鲵。此处喻指安禄山。

3　蓊（wěng）：弥漫。

4　"迁白"句：指唐玄宗避难蜀地事。秦西，秦地之西，指西蜀。

5　九土：九州。

6　南冠：春秋时楚国人钟仪，被晋国俘虏后，还戴着楚人常戴的帽子。后以南冠指囚徒。

7　羽化：化生羽翼而成仙。

8　穆陵关：位于今山东省沂水县北大岘山，时李白之子伯禽在山东。

9　豫章：即洪州，治所在今江西省南昌市，时李白之妻寄居豫章。

10　提携：帮助，照顾。

11　树：栽植。榛：杂木。这里比喻无用之人。

12　伯成：伯成子高。《庄子·天地》："尧治天下，伯成子高立为诸侯。尧授舜，舜授禹，伯成子高辞为诸侯而耕。"禹问其故，答曰："昔尧治天下，不赏而民劝，不罚而民畏。今子赏罚而民且不仁，德自此衰，刑自此立，后世之乱，自此始矣。"

13　子胥鸱夷：指吴王逼迫伍子胥自杀后，把其尸体盛入皮囊抛进江中。

14　彭越醢醯（hǎi xī）：指汉初名将彭越为刘邦所杀。醢醯，剁成肉酱。

15　繄（yī）：语气词。

16　牢狴（bì）：监狱。

17 白珪：白玉，诗中用以比喻诗人纯洁无瑕的品格。

【解读】

至德二载（757），李白在寻阳狱中，先后作有《上崔相百忧章》和《万愤词投魏郎中》。"百忧"、"万愤"都是对所写诗篇情感特点的概括，前言极度忧愁，后言极度悲愤。二诗内容相近，如《百忧章》即谓"万愤结缉，忧从中催。金瑟玉壶，尽为愁媒"。大抵诗人在两诗中抒愤言忧、吐怨写愁，都是为了求受诗者施以援手。李白出狱，实赖崔涣等人救助。魏郎中，其人不详，救助与否，也不得而知。此诗抒愤言悲，实可分为两个层次。自首句至"遇难不复相提携"为第一层次，自"树榛拔桂"至"脱我牢狴"为第二层次。两个层次都从社会政治的时代背景出发言悲言愤，但第一层次言悲居多，第二层次抒愤为主。具体说，第一层次是从安史叛乱、玄宗西逃、国土分裂、民众蒙难的时代背景说起，在举国"嗷嗷凄凄"的愁苦氛围中，诉说自己作为"南冠君子"的悲惨境遇。既详叙"一门骨肉散百草"，又细写其"呼天而啼"，说他"恋高堂而掩泣，泪血地而成泥。狱户春而不草，独幽怨而沉迷"。尽用一些悲怨色彩极浓的字眼言其不尽之哀。第二层次则从"舜昔授禹，伯成耕犁，德自此衰"的时代背景说起，从表面上看，这个时代背景似乎覆盖的时段太长，但从诗人有意点出"树榛拔桂，囚鸾宠鸡"这一时代

特点，和发出"德自此衰，吾将安栖"的感慨，表明他所说远古，实指当今。以古指今，便于痛言其愤，故诗中不单借古以作愤世之言，明说时下德衰政替"吾将安栖"，还说"子胥鸱夷，彭越醢醯"，借为古代"豪烈"鸣不平以泄己之愤。这样，诗人既借言古以说悲愤之事，又用哀切语言直道悲愤之情，就将其悲愤倾泻殆尽。正因抒愤淋漓尽致，故请人施以援手，不但理由充分，而且极具感动力量。事实上，诗中请魏郎中施以援手，只用了"傥辨美玉，君收白珪"八个字（而且出语无乞怜意）。但由于它紧承"苍苍之天……脱我牢狴"这样呼天求救（仍属言悲言愤）的诗句之后，这八个字就显得情切意激，分量很重。